광
해
록

# 광해록 3

**초판 1쇄 인쇄일** 2015년 1월 14일 | **초판 1쇄 발행일** 2015년 1월 16일

**지은이** 조 휘 | **펴낸이** 곽중열 | **담당편집 팀장** 이범수
**편집부** 신연제 이윤아 김호성 김은경

**펴낸곳** (주)조은세상 | **출판등록** 제 2002-23호
**주소** 경기도 연천군 미산면 청정로 1355
TEL 편집부 02)587-2966 | FAX 02)587-2922
e-mail bukdu@comics21c.co.kr

©조 휘 2014
ISBN 979-11-5512-856-5 | ISBN 979-11-5512-853-4(set) | 값 8,000원

NEO ALTERNATIVE HISTORY FICTION

조휘 대체 역사 장편소설 ③

# CONTENTS

NEO ALTERNATIVE HISTORY FICTION

광해록

1장. 위기일발(危機一髮)

光海鑑

## 1장. 위기일발(危機一髮)

권응수가 팔을 번쩍 들어올렸다.

"병사들은 나를 따르라!"

소리친 권응수는 말배를 연신 걷어차며 정면으로 달려
갔다.

그의 상대는 남문으로 들어오는 고바야카와부자의 부대
였다.

"작전은 전과 같다!"

권응수의 말에 기병들이 얼른 등 뒤에 맨 동개활을 쥐었
다.

각궁보다 작은 동개활은 마상용 활이었다.

수십, 아니 수백 번 습사한 경험이 있어 오른손에 활을 쥠과 동시에 화살 통에서 동개활에 맞춰 만든 화살을 꺼내 시위에 재었다.

"쏴라!"

권응수의 우렁찬 명이 떨어지는 순간.

쏴아아아!

하늘로 비스듬히 활을 겨눈 병사들이 일제히 시위를 놓았다.

메뚜기 떼처럼 하늘을 까맣게 물들이며 날아간 화살이 고바야카와부자의 전열 선두에 그대로 꽂혔는데 인마가 동시에 뒹굴었다.

동개활을 발사한 병사들은 활을 안장에 걸었다.

그런 후 갑옷 허리춤에 끼워놓은 죽폭을 꺼내 안장 위에 끼웠다.

죽폭 사용이 늘어 안장 위에 부싯돌과 부시를 아예 설치했다.

이는 모양이 마치 손톱을 깎는 손톱 깎기처럼 생겼는데 안에 죽폭의 심지를 넣은 후 위를 눌러 다시 빼내면 심지에 불이 붙는다.

실패한 병사들은 같은 과정을 반복해 심지에 불을 붙였다.

"죽폭을 던져라!"

권응수의 명에 병사들은 죽폭을 빙빙 돌리다가 머리 위

로 던졌다.

다들 팔 힘에는 자신이 있어 곧장 적에게 날아갔다.

만약, 말이 달리는 속도를 계산하지 못하면 죽폭이 아군의 머리 위에서 터지는 불상사가 일어나 죽폭을 투척할 때는 항상 조심했다.

펑펑펑!

왜군 머리 위에서 터진 죽폭이 쇳조각을 사방에 토해냈다.

갑옷은 입은 왜군은 찰과상을 입는데서 그쳤다.

그러나 그렇지 못한 말들은 피를 흘리며 기수의 통제를 벗어났다.

특히, 눈과 같은 곳에 맞은 군마는 오히려 기수를 방해했다.

이히힝!

육중한 군마가 날뛰는 바람에 왜군 보병 진형마저 크게 흔들렸다.

"돌격!"

편곤과 단창, 칼을 휘두르며 기병연대가 왜군 기병대를 돌파했다.

왜군 기병대는 다들 갑옷을 제대로 갖춘 사무라이였다.

그러나 실력은 그렇게 뛰어나지 못해 기병연대에 박살났다.

더구나 숫자마저 적어 금세 사방으로 흩어져 도망쳤다.

왜군 기병대가 모래알처럼 흩어지는 순간.

탕탕탕!

조총의 총성이 귀를 찢었다.

그리고 흑색화약의 연기가 시야를 온통 가렸다.

"으악!"

선두에서 달리던 기병연대 병사 몇 명이 군마와 함께 바닥을 굴렀다.

부상이 크지 않은 기병은 일어나려했으나 뒤따라오던 동료의 군마에 밟혀 머리가 깨져 뇌수가 흐르거나, 배가 터져 내장이 흘렀다.

기병연대 돌격 중에 낙마는 곧 죽음을 의미했다.

적에게 당하지 않더라도 동료의 군마에 밟혀 죽었다.

사격을 끝낸 조총부대가 퇴각하는 모습을 본 권응수가 소리쳤다.

"지금이다!"

각자 무기를 휘두르며 조총부대의 뒤를 추격하려는데 갑자기 조총부대 사이에서 왜군의 정예 장창부대가 튀어나와 장창을 찔렀다.

5미터는 될 법한 창이었다.

심지어 왜군은 체구가 작아 창이 실제보다 더 커보였다.

"크아아악!"

장창의 숲에 뛰어든 군마가 비명을 지르며 바닥을 굴렀다.

그리고 군마에서 떨어진 병사들은 곳 무수한 창에 찔려 전사했다.

기병연대가 왜군 장창부대에 막혀 고전할 무렵.

탕탕탕!

측면에서 조총의 총성이 울리더니 다른 왜군이 협공해 왔다.

바로 남문에 이어 동문마저 돌파한 타치바나 무네시게 의 부대였다.

측면을 기습당한 기병연대가 무너지며 진형이 흐트러졌다.

아무리 일당백의 토병이라도 양면공격에는 버텨내지 못했다.

"빌어먹을!"

권응수는 이에서 뿌득 소리가 날 만큼 힘을 주었다.

퇴각을 고민 하는 찰나.

"와아아!"

서쪽에서 함성소리가 들리더니 5연대가 모습을 드러냈다.

정문부의 구원요청을 받은 5연대가 그제야 모습을 드러낸 것이다.

"응원군이 왔다! 공격하라!"

용기백배한 권응수는 다시 왜군을 몰아붙였다.

조선군이 밀리던 상황에서 간신히 평수를 맞추었다.

청주성 남쪽은 이미 완전히 왜군에게 넘어간 상황이었
다.

여기서 더 밀리면 동헌이 코앞이라, 어떻게 해서든 막아
내야 했다.

"힘을 내라! 왜군은 이미 지칠 대로 지쳤다!"

권응수와 국경인 등이 분전해준 덕분에 왜군을 조금씩
밀어냈다.

이렇게 진행된다면 왜군을 다시 몰아낼 수 있을 듯 보였
다.

그러나 일은 항상 반대로 이루어지는 법.

탕탕탕!

조총의 총성이 들리더니 시마즈 요시히로의 군대가 덮
쳐왔다.

시마즈 요시히로를 막던 정문부의 2연대가 무너진 것이
다.

삼면에서 왜군을 맞은 조선군은 중과부적으로 다시 뒤
로 밀렸다.

북문을 지키는 본부연대나, 1연대의 도움이 절실했다.

그러나 마치 이럴 때를 기다린 듯 전열을 정비한 후쿠시

마 마사노리가 다시 공격해와 몸을 뺄 여유가 없었다. 근위사단은 결성한 후 처음으로 패전의 위기, 아니 전멸당할 위기에 처해있었다.

동헌으로 내려온 이혼은 한극함, 정탁, 이원익을 불렀다.

이혼이 말을 꺼내기 전에 한극함이 먼저 권했다.

"저하, 충주성으로 가셔야합니다. 이대로는 전멸을 면치 못합니다."

"사방이 막혔는데 어떻게 말이오?"

이원익은 결연한 눈빛으로 권했다.

"신들이 막을 터이오니 저하께서는 충주성으로 가십시오. 승패는 병가지상사라 했으니 충주에서 재기한다면 아직 희망은 있습니다."

정탁의 의견도 같은 모양이었다.

"참모장과 군율참모의 말이 옳습니다. 더 지체하기 전에 어서……."

기영도를 부른 정탁은 이혼을 말에 억지로 태웠다.

그런 후 기영도 등 익위사의 관원에게 몇 번이나 당부했다.

"우리가 전력으로 북문을 뚫어 길을 만들거든 너는 저하와 함께 충주성으로 가거라. 도중에 환난이 많겠지만 반드시 저하를 충주성까지 안전하게 모시어 재기할 수 있는 발판을 만들어야한다."

기영도는 비장한 표정으로 고개를 끄덕였다.

"맡겨주십시오. 이 한 몸 부셔지는 한이 있더라도 해낼 것입니다."

정탁은 또 허준과 이장손에게 권했다.

"저하를 모실 측근이 부족하니 두 사람도 같이 가게."

"예……."

두 사람이 풀 죽은 목소리로 대답하는 순간.

갑옷을 갖춰 입은 정탁과 이원익은 말에 올랐다.

"신들이 그럼 내세(來世)에서 뵙도록 하겠습니다. 부디 무사하시길."

이미 각오한 두 중신은 칼을 뽑았다.

그리고 그 주위에 이호의를 비롯한 본부연대 병사들이 도열했다.

"북문을 열어라!"

이원익의 명에 병사들이 북문으로 달려갔다.

이혼이 말리려는 순간, 이미 두 사람은 병사들과 북문으로 달려갔다.

그때였다.

동문에서 엄청난 함성소리가 들려오더니 전령이 헐레벌떡 달려왔다.

"동문에 천강홍의장군(天降紅衣將軍)이라 적힌 깃발이 나타났습니다!"

"오!"

소식을 들었는지 급히 돌아온 정탁이 기뻐하며 이혼에게 말했다.

"천강홍의장군은 곽재우장군의 깃발입니다."

"나도 들었소!"

이혼 역시 뛸 듯이 기뻤다.

혹시 몰라 곽재우에게 시마즈군의 뒤를 치라 했는데 지금 도착한 모양이었다. 말 그대로 하늘에서 동아줄이 내려온 기분이었다.

좋은 소식은 원래 꼬리를 무는 법.

이번에는 남문에서 소식이 들려왔다.

"전라사단 사단장 권율이 전라도 관군 수천과 함께 당도했습니다!"

이원익은 덩실덩실 춤이라도 출 기세였다.

"권율장군도 때맞추어 나타나다니! 이는 하늘이 저하를 보우하신다는 뜻입니다! 이제 무도한 왜적을 격파하는 일만 남았습니다!"

이혼은 고개를 끄덕이며 두 장군에게 왜적을 몰아내라 명령했다.

남문과 동문에서 응원군이 가세하는 바람에 왜군은 후위가 어지러워지며 크게 흔들렸다. 그 틈에 권응수와 정문부 등이 호응하여 양쪽에서 몰아치니 왜군은 그야말로 추풍낙엽처럼 허물어졌다.

다만, 왜군은 역시 노련했다.

의외의 기습이라면 당황하는 게 사람의 본성이다.

더욱이 승전이 눈앞에 있을 때는 이성적으로 행동하기 힘들었다.

마치 도박꾼이 돈을 잃으면서도 헛된 망상을 쫓는 거와 비슷했다.

그러나 고바야카와 다카카게와 시마즈 요시히로 등은 잔뼈가 굵은, 아니 이미 수십 번의 전투를 치러온 아주 노련한 자들이었다.

두 사람은 바로 병력을 수습해 청주성에서 빠져나갔다.

왜군의 일사불란한 퇴각은 심지어 아군 장수마저 감탄케 하였다.

강원도의 4번대와 전라도의 6번대가 빠져나갈 무렵.

아직 소식을 접하지 못한 충청도 5번대는 병력을 계속 소모했다.

5번대가 방어하던 충청도에 이혼이 쳐들어와 그들이 지키던 땅을 연달아 빼앗은 바람에 후쿠시마 마사노리는 악에 바쳐 있었다.

여기서 패하면 히데요시가 보여준 믿음을 배신하는 것이다.

그리고 이시다 미쓰나리나, 오타니 요시쓰구 등의 문치

파에게 한 소리 들을 생각을 하니 미치도록 신경질이 나서 포기하지 못했다.

이혼은 바로 경상사단과 전라사단에 명을 내렸다.

"두 사단은 성 안으로 들어올 필요 없으니 우선 성벽을 돌아서 북문에 있는 왜군을 포위하도록 하시오. 받은 만큼 돌려줘야겠소."

이어서 권응수와 국경인을 불렀다.

"아직 체력이 남았는가?"

붉은 두정갑에 피 칠을 한 두 장군은 무릎을 꿇으며 군례를 올렸다.

"물론이옵니다, 저하!"

"소장은 열흘도 싸울 수 있습니다!"

"그럼 당장 북문으로 올라가 5번대를 말살시키게. 지금이 아니면 다시 병력을 모아 쳐들어올 적이니 이참에 놈들을 없애야겠네."

"예, 저하!"

대답한 두 장군은 말에 올라 병력을 북문으로 이동시켰다.

동헌에서 다시 북문 성루로 돌아간 이혼은 고개를 끄덕였다.

후쿠시마 마사노리는 여전히 성벽을 공성하려 애쓰는 중이었는데 유경천이 지휘하는 1연대에 번번이 막혀 병력을 계속 소모했다.

"효시(嚆矢)를 쏴라!"

효시는 우는 화살로 신호용이었다.

삐이이이익!

효시용 화살이 사방으로 날며 진군개시를 알렸다.

가장 먼저 굳게 닫혀 있던 북문이 열리며 권응수의 기병연대가 달려 나갔다. 그리고 그와 동시에 양쪽 성벽에 대기하던 경상사단과 전라사단이 들이닥쳐 후쿠시마 마사노리의 5번대를 포위했다.

마지막으로 정문부의 5연대가 달려가 합세하니 기세가 대단했다.

그제야 상황을 파악한 왜군은 진채를 뽑아 퇴각하려하였다.

그러나 하루 종일 왜군에 당한 조선군은 이를 내버려두지 않았다.

기병연대가 쫓아가며 편곤을 휘두르니 피가 비산했다.

왜군 5번대는 토다 카츠타카가 총대를 멨다.

그가 지휘하는 왜군 수백 명이 달려와 기병연대의 진격을 저지했다.

심지어 영주인 토다 카츠타카마저 왜도를 휘두르며 덮쳐왔다.

권응수는 토다 카츠타카의 갑옷이 화려함을 보자마자

말을 몰았다.

"받아랏!"

권응수가 찌른 단창을 토다가 왜도로 밀어냈다.

그러나 권응수의 힘에 놀랐는지 그는 기수를 돌려 도망쳤다.

"도망치는 거냐?"

권응수가 쫓으려는 순간.

토다군의 하타모토부대가 달려와 권응수에게 창을 찔렀다.

이히잉!

사방에서 날아오는 창에 군마가 먼저 놀라 발을 높이 들었다.

"장군을 구하라!"

기병연대 병사들이 하토모토를 밖으로 밀어내 간신히 숨을 돌렸을 때에는 이미 토다가 왜군 속에 숨어 그 모습을 감춘 후였다.

권응수는 포기하는 대신, 다시 말을 몰아 토다에게 짓쳐 갔다.

막아서는 하타모토 둘을 연달에 찌른 권응수는 도망치는 토다에게 수중의 창을 힘껏 던졌는데 토다 대신, 가신이 맞아 쓰러졌다.

권응수는 편곤을 뽑아 막아서는 시동을 후려쳤다.

머리에 편곤을 맞은 시동 하나가 오공에 피를 쏟아내며 쓰러졌다.

미친 듯이 편곤을 휘두르는 바람에 왜군은 쉽게 접근하지 못했다.

그 순간, 토다의 가신 하나가 권응수의 편곤을 움켜쥐었다.

권응수는 힘을 주어 당겼는데 가신은 힘없이 바닥으로 떨어졌다.

편곤마저 버린 권응수는 칼을 뽑아 떨어진 가신 머리에 후려쳤다.

투구를 썼지만 권응수의 힘이 워낙 세어 목이 부러졌다.

권응수는 다시 가신과 하타모토, 시동이 만든 방어막을 돌파했다.

마침내 토다의 얼굴이 눈에 들어왔다.

두려움보다는 초조함이 가득한 얼굴이었다.

시간을 많이 끌지 못해 본대가 당하는 게 두려운 눈빛이었다.

권응수가 달려가 칼을 벼락처럼 휘둘렀다.

토다는 급히 기수를 돌리며 허리를 숙였다.

토다가 쓴 검은색 투구가 잘려 허공으로 날아갔다.

권응수는 급히 고삐를 당겨 토다의 옆으로 접근했다.

토다도 이번에는 피하는 대신, 마주 왜도를 휘둘러왔다.

카앙!

칼과 칼이 부딪치며 새파란 불똥이 튀었다.

권응수는 칼로 왜도를 누르다가 왼손을 뻗어 토다의 가슴을 잡았다.

"떨어져라!"

소리치며 힘을 주니 토다가 말에서 떨어져 바닥으로 굴렀다.

권응수는 급히 일어서는 토다에게 달려가 칼을 사선으로 휘둘렀다.

촤아악!

피가 분수처럼 쏟아지며 토다의 수급이 바닥을 굴렀다.

권응수가 토다 카츠타카의 수급을 베었을 무렵.

권율의 전라사단은 쵸소카베 모토치카의 부대를 추격하는 중이었다.

권율 밑에는 황진과 같은 관군의 장수부터, 김천일(金千鎰), 최경회 등의 뛰어난 의병장 출신들이 있어 노련하게 적을 몰아쳤다.

결국, 황진이 지휘하는 정예부대가 중앙을 돌파해 쵸소카베 모토치카를 따라 먼 시코쿠에서 조선까지 온 왜군부대를 대파하였다.

쵸소카베 모토치카는 수백 명을 간신히 수습해 도망쳤다.

곽재우가 지휘하는 경상사단 역시 큰 공을 세웠다.

그는 청주성에 머물다가 근위사단에 패해 쫓겨난 하치스카 이에마사를 바로 공격해 대승을 거두었으며 왜군에게 치명타를 입혔다.

비록, 적의 영주들은 놓쳤지만 5번대는 재기가 힘든 피해를 입었다.

가장 먼저 도망친 후쿠시마 마사노리는 1만5천에서 5천으로 줄어든 5번대를 수습해 도성에 있는 우키타 히데이에에게 피신했다.

이혼은 저녁노을 아래 펼쳐져 있는 전장을 바라보며 한숨을 쉬었다.

왜군과 조선군의 시신 수천 구가 북문 앞에 널려있었다.

특히, 성문에는 시신이 산처럼 쌓여 있어 욕지기가 나올 지경이다.

'이런 참혹한 전장을 계속 본다면 미치지 않는 게 이상할 것이다.'

지독한 여름 더위가 시신의 부패를 가속화했다.

벌써 시신이 부패하며 나는 냄새에 피 냄새가 뒤섞여 아주 역했다.

심지어 몇 킬로 떨어진 곳에서도 냄새를 맡을 수 있을 지경이었다.

곧 온갖 짐승과 새들이 먹이를 찾아 북문으로 모였다.

시체를 빨리 치우지 않으면 청주의 모든 짐승이 모여들 거 같았다.

이혼은 지친 병사들을 위해서 본부연대를 보내 전장을 정리했다.

어차피 전장에서 얻은 전리품은 다 본부연대의 차지여서 본부연대 병력을 보내 왜군의 갑옷과 총, 칼, 창, 화약 등을 챙겨왔다.

왜군 갑옷은 가죽을 꼬아 만들거나, 쇠를 줄로 엮은 게 많아 쇠와 구리 등의 금속이 많지 않았으나 없는 거 보다는 백배 나았다.

"아군 희생자는 염을 하여 관에 안치하게."

"예, 저하."

병사들은 북문과 동문, 남문, 그리고 성 안에서 희생당한 조선군 병사의 시신을 수습해 염한 후 만들어둔 목관(木棺)에 안치했다.

군의관들은 부상자를 동헌과 객사에 후송해 치료를 서둘렀다.

그 중 얼마나 살아남을지 모르지만 어쨌든 최대한 살려 봐야 했다.

1연대장 유경천은 항복한 왜군 수백 명을 데려왔다.

그들 대부분은 후쿠시마 마사노리의 5번대에 속한 왜군들이었다.

후쿠시마 마사노리가 도망친 직후 산발적으로 저항하다가 항복했는데 그 중 몇 명은 지위가 높은지 꽤 화려한 갑옷을 착용했다.

할복하지 않은 걸 보니 항복할 의사가 분명했다.

"이들은 어찌할까요?"

"본부연대에 있는 항왜부대에 보내 감시하게."

"예, 저하."

유경천이 항왜를 본부로 데려간 후 이혼은 이호의를 불러 명했다.

"왜군의 전리품을 챙겼으면 시신을 한데 모아 화장하게."

병사들은 밤을 새워가며 시신을 수습해 화장했다.

화장할 때 영규를 비롯한 승병들이 불경을 외웠는데 장엄한 광경이어서 조헌과 같은 유학자들마저 눈을 감은 채 귀를 기울였다.

이혼은 또 새벽에 매설한 지뢰를 제거하게 하였다.

백성이 지뢰지대에 들어가 피해를 입기 전에 제거해야 했다.

다행히 유실한 지뢰가 없어 제거에 모두 성공했다.

다음 날 아침에는 부서진 성문과 성벽을 수리하도록 했다.

적이 다시 올지 몰라 시간이 있을 때 미리미리 수리를

마쳐야했다.

그날 내내 청주성 전체에 망치소리가 끊이지 않았다.

이리해 고려까지는 중요한 성으로 대접받다가 무심천의
범람으로 몰락의 길을 걸었던 청주가 다시 중요한 지역으
로 발돋움했다.

충청도의 충과 청은 충주와 청주 두 도시를 의미한다.

한데 정작 가장 중요한 충청병영은 서쪽에 위치한 해미
에 있었다.

이틀 후 오전에 이르러서야 이혼은 권율과 곽재우를 불
렀다.

권율은 남문 밖에, 곽재우는 우암산 기슭에 진채를 내렸
다.

먼저 가까운데 진채를 내린 권율이 제장과 방문해 군례
를 올렸다.

"저하, 무탈하신 모습을 보니 참으로 기쁘기 그지없사
옵니다."

이혼은 직접 권율을 일으켜 세웠다.

권율은 아버지가 전 영의정 권철(權轍)로 명문의 후예였
다.

그러나 권율 본인은 벼슬에 뜻이 없었는지 거의 오십에
가까운 나이에 문과에 응시한 후 지방관을 역임하다가 왜
란을 맞이했다.

한데 오히려 그는 행정보다 병법에 재능이 있었다.

용인전투에서는 섣불리 공격하려는 이광을 말렸으며 웅치와 이치에서는 정담, 황진 등을 지휘해 왜군의 전라도진격을 막아냈다.

만약, 여기서 웅치와 이치가 뚫렸으면 왜군 6번대가 전라도로 진격해 곡창을 빼앗김은 물론이거니와 이순신의 수군마저 위험했다.

그야말로 가장 중요한 전투에서 승리한 장본인이 그였다.

그 후에는 잘 아는 독성산성전투, 행주대첩에서 왜군을 연파했다.

행주대첩 이후에는 육군을 총 지휘하는 도원수에 올라 개인적인 전공은 세우지 못했으나 왜란 내내 나라를 구하기 위해 헌신했다.

이혼이 직접 본 권율은 큰 신장에 비쩍 마른 몸이 인상적이었다.

원래 마른건지, 아니면 왜적을 막느라 바빠 살이 빠졌는지는 모르지만 마치 대나무를 세워놓은 듯해 아주 기이한 느낌을 주었다.

권율은 김천일, 최경회, 그리고 변이중(邊以中) 등을 소개했다.

이혼은 그 중 변이중에 눈길이 갔다.

변이중은 소모어사(召募御史)로 전라사단에 종군 중이었는데 소모어사란 군대에 필요한 군량, 병기 등을 제작, 보급하는 벼슬이었다.

이혼이 그를 눈여겨본 이유는 화차(火車)를 만든 장본인이어서였다.

화차는 쉽게 말해 일종의 다연장포와 같은 무기였다.

구조는 바퀴가 달린 수레에 동통(銅㷧), 즉 청동으로 만든 총 수십 개를 설치해 화약과 화살, 탄환을 장전한 후 발사하는 화기였다.

역사를 찾아보려면 오래전으로 거슬러 가야하는데 최무선(崔茂宣)이 연구하던 화기를 아들 최해산(崔海山)이 완성한 게 시초였다.

이를 문종(文宗)이 개량해 문종화차라는 이름으로 보급했다.

화차의 효과가 크다는 걸 안 변이중은 이 문종화차를 개량해 동통 대신, 승자총(勝字銃) 40개를 설치해 발사하는 화기로 개조했다.

이게 바로 변이중의 화차다.

화차는 비격진천뢰, 신기전(神機箭)과 더불어 조선 화기를 대표할 만한 무기로 제대로 사용할 경우 큰 효과를 기대할 수 있었다.

이혼은 원래 무기를 연구하는 학자였다.

물론, 그가 연구하는 무기는 21세기 첨단무기였다.

그렇다고 선조가 만들어 사용한 무기에 관심이 전혀 없지는 않았는데 그런 그에게 변이중의 화차는 정말 구미가당기는 일이었다.

더욱이 화차는 복원한 게 있을 뿐, 실제 화차는 남아있지 않았다.

그러나 지금은 그보다 중요한 일이 있었다.

"모두 훌륭히 싸워주었소. 제장들 덕분에 위기에서 벗어났으니 그 공은 입에 침이 마르도록 칭찬해도 부족할 거라는 생각이 드오."

권율, 김천일 등은 엎드려 절했다.

"오히려 소장들이 늦게 온 거 같아 송구할 따름이옵니다."

이혼은 공을 세운 장수들에게 왜군의 전리품을 나누어주었다.

토다 카츠타카처럼 이름 있는 왜장을 잡은 덕분에 전리품이 다른 때보다 더 풍족해 권율, 김천일, 최경회, 변이중등에게 하사했다.

또, 왜군의 무기 중 좋은 무기는 병사들에게 나누어주었다.

공을 치하한 후 권율 등을 불러 전라사단 편제를 다시구축했다.

전라도의 관군과 의병을 한데 묶어 그 사단장에 권율을

임명한다는 지시만 내렸지, 세밀한 편제는 아직 구축하지
못한 상태였다.

이혼은 권율에게 자리를 권했다.

"어떻게 해서 지금 도착하게 된 거요?"

"저하의 급한 부르심을 받은 소장은 밤을 새워가며 준
비하던 중에 금산성에 머무르던 왜군의 수가 줄었다는 첩
보를 입수했습니다."

"고바야카와군이 청주로 응원 온 이후군. 그 후에는 어
떻게 되었소?"

"제장들 사이에 이 틈에 금산성을 공격해 수복하자는
의견이 나왔는데 왜군은 이미 대비를 한 듯 금산성을 요새
로 만들었습니다."

"으음."

"이에 금산성을 포기한 저희들은 곧장 청주성으로 출발
했습니다. 고바야카와의 부대가 저희를 훨씬 앞질러 가는
중이어서 마음이 급했는데 왜군이 복병을 요소요소에 펼
쳐놓아 더 늦어졌습니다."

"그래도 제 시간에 와주었으니 참으로 다행이오. 정말
고생하였소."

"송구합니다. 더 빨리 왔으면 피해가 줄었을 겁니다."

이혼은 지도를 펼쳐서 전주 입구에 있는 웅치와 이치를
지목했다.

"이치에서 싸워봤으니 여기가 왜 중요한지 알거요."

"예, 저하. 왜군이 전라도로 들어가려면 이 두 고개를 넘어야합니다."

"맞소. 그래서 장군과 황진, 정담이 큰일을 해준 것이오."

"황송합니다. 정담은 정말 대단한 장수였습니다……."

"전후에 정담과 그 유족은 합당한 대우를 받게 될 것이오."

정담은 웅치에서 안코쿠지 에케이가 지휘하는 왜군 1만 병력을 맞아 사령부가 점령당하는 최후까지도 물러서지 않은 채 항전했다.

그리고 그는 그렇게 장렬히 전사했다.

비록 왜군이 웅치고개를 지나 전주성으로 가도록 허용을 했으나 웅치에서 입은 피해가 너무 커 전주성 입성에는 끝내 실패했다.

이혼은 지도에 있는 소백산맥을 손가락으로 가리켰다.

"왜군은 이 소백산맥을 넘어오지 못하오. 그렇다면 왜군이 전라도에 들어가는 방법은 금산에서 전주로 가는 방법과 남해안에 있는 진주를 공격하여 해안을 따라 서쪽으로 진군하는 방법이 있소."

"정확히 보셨습니다."

권율은 조금 놀란 눈치였다.

약관을 넘지 않은 이혼이 이렇게 세밀히 파악했을 줄은 미처 몰랐다.

이혼은 말을 이어갔다.

"그 말은 웅치와 이치, 그리고 진주성 수비가 아주 중요하다는 말과 같소. 지금 우리 군이 먹을 양식과 무기가 전라도에서 모두 나오는데 전라도가 넘어가면 전황은 악화일로로 치달을 것이오."

"명심하도록 하겠습니다."

"전라사단은 병력이 얼마나 되오?"

"모두 합쳐 2만에서 3만에 이를 것으로 보입니다."

"그 병력을 다섯 개로 분리하시오. 그리고 장군이 지휘할 본부연대 외에 네 개 연대를 만들어 주요 길목마다 배치하도록 하시오."

"그럼 전주에 두 개, 진주에 두 개를 배치하겠습니다."

"그렇게 하시오."

이혼은 다시 물었다.

"연대장은 누가 좋겠소?"

"제 밑에 있는 황진과 의병장 김천일, 최경회장군이 좋을 듯합니다."

"좋소. 그리고 나머지 한 명은 진주에 있는 김시민(金時敏)장군을 임명하도록 하시오. 김시민장군은 진주를 철통같이 지켜줄 것이오."

"예, 저하. 그리하겠습니다."

편제와 연대장 보직을 확정한 이혼은 변이중을 불렀다.

"소모어사를 지금부터 군수지원사령부(軍需支援司令部)의 사령관으로 일명할 것이니 전주성에서 화약과 갑옷, 총통, 화차, 비격전천뢰 등을 생산하는데 전력을 다해주시오. 재료와 인력은 전라감사와 충청감사, 경기감사, 경상감사 등에게 말해 지원해주겠소."

"알겠습니다."

이혼이 변이중을 만날 때 곽재우가 도착했다.

곽재우를 홍의장군(紅衣將軍)으로 부른다는 소문이 사실이었는지 붉은색 철릭을 입었으며 이마에 흰 띠를 둘러 인상에 깊이 남았다.

곽재우가 다부진 얼굴로 인사를 올렸다.

"소장 곽재우가 세자저하를 배알하옵니다."

"먼데서 오느라 고생이 많았소. 장군의 연이은 승전 소식을 나는 물론이거니와 온 나라의 백성들이 알 만큼 대단한 공을 세웠소."

"황송하옵니다."

군례를 취한 곽재우 뒤에는 장군 몇 명이 더 있었다.

이혼은 그 중 풍채가 아주 헌앙한 장수에 시선을 빼앗겼다.

그걸 본 곽재우가 그를 불러 인사시켰다.

"정기룡(鄭起龍)입니다."

이혼은 감탄한 얼굴로 고개를 끄덕였다.

소중한 인재를 또 한 명 발견한 순간이었다.

2장. 마침내 도성으로

## 2장. 마침내 도성으로

정기룡은 후손이 지은 행장(行狀)으로 인해 과대평가를
받았지만 육군 장수들 중에 뛰어난 활약을 펼친 장수임에
는 틀림없었다.

정기룡은 과연 풍채가 아주 헌양해 믿음이 절로 갔다.

이어 쉰이 넘은 장수 하나가 나와 인사를 올렸다.

"김면(金沔)이옵니다."

"오, 그대의 활약덕분에 경상우도를 보전했다는 말을
들었소."

"황송하옵니다."

김면에 이어 노신 한 명이 나와 인사를 올렸다.

"경상좌도의 관찰사 김성일(金誠一)이옵니다."

이혼은 앞으로 걸어가 절을 올리는 김성일의 손을 잡았다.

"고생이 많았소."

그 말에 감격했는지 노신의 주름진 눈에 눈물이 맺혔다.

김성일은 임진왜란이 누구보다 가슴 아픈 인물이었다.

왜국을 거의 통일한 도요토미 히데요시는 명나라를 정복한다는 망상에 사로잡혀 그 길목에 위치한 조선에 먼저 사신을 보내왔다.

한데 이를 중재하던 소 요시토시와 고니시 유키나카가 오히려 히데요시의 분노를 사버리는 바람에 동아시아에 전운이 감돌았다.

조선은 이를 실체적인 위협이라 느꼈다.

우선, 저들의 요구대로 사신을 보내 도요토미 히데요시의 왜국 통일을 축하하는 한편, 허실을 파악할 목적으로 사신을 파견했다.

이때, 사신으로 간 이가 정사 황윤길(黃允吉), 부사 김성일, 종사관 허성(許筬), 선전관 황진이었는데 당파싸움이 날로 격화되는 중이어서 정사 황윤길은 서인, 부사 김성일은 동인으로 정해졌다.

왜국에 사신으로 간 두 사람은 도요토미 히데요시를 만나본 후 서로 상반되는 의견을 내놓는다. 황윤길은 왜적이 침입해올 게 분명하니 대비할 것을 주장한 반면, 김성일은 왜국의 전력이 별 볼일 없으니 허황된 말로 백성을 동요시킬 필요 없음을 주장했다.

이로 인해 훗날 김성일은 왜란을 일으킨 장본인이라는 평을 들었다.

물론, 이게 주류의 의견이었다.

그러나 반론 역시 소수이나마 존재한다.

김성일 말처럼 왜란을 막을 준비는 하되 백성을 놀라게 할 필요가 없어 공표하지 않았을 뿐, 서인과 같은 의견이라는 주장이었다.

실제로 조정에서는 마치 동인의 의견을 받아들인 듯 보이지만 경상감사 김수와 전라감사 이광은 낡은 산성을 수리하거나, 아니면 부족한 병기를 보충하는 등 왜란을 막기 위한 준비에 들어갔다.

삼남의 백성이나, 유생이 전쟁에 대한 대비가 과하다며 임금에게 상소를 올렸을 만큼, 할 수 있는 선에서 최선을 다해 준비했다.

이순신장군이 파격 승진하여 전라좌수사로 영전한 이유 역시 같았다.

조선이 침략을 예상하지 못했다면 이런 준비는 없었다.

그럼에도 침략에 도성을 빼앗긴 이유에는 결정적인 오판이 있었다.

조선 조정은 전처럼 왜구가 해안을 약탈하는 선에서 그

칠 거라 보았는데 왜군은 17만에 이르는 정규군을 투입해 전면전에 나섰다.

또, 외형적인 준비는 했을지 몰라도 군제에 대한 개혁은 이루어지지 못해 제승방략(制勝方略)과 같은 실패한 체제를 계속 유지했다.

어쨌든 임진왜란이 발발해 도성마저 점령당하는 치욕을 당한 조정은 김성일의 죄가 무겁다하여 그를 압송한 후 처형하려 하였다.

다행히 유성룡 등이 힘써 말린 덕분에 목숨을 구한 김성일은 왜적에게 점령당한 경상도로 내려가 곽재우, 김면, 정인홍과 같은 의병을 고무하는 한편, 흩어진 관군을 정비하는 일에 전력을 쏟았다.

훗날 그는 너무 과로한 나머지 병이 들어 급사했다.

이는 그 나름대로 속죄하는 방식이었던 것이다.

그런 김성일이 고맙다는 말을 들었으니 어찌 눈물이 나지 않겠는가.

김성일은 나머지 장수들을 소개했다.

그의 왼쪽부터 손인갑(孫仁甲), 박성(朴惺), 곽준(郭䞭), 곽단(郭超), 권양(權瀁), 박이장(朴而章), 김윤국(金潤國), 정대임(鄭大任), 정세아(鄭世雅), 조성(曺誠), 신회(申誨), 조종도(趙宗道) 등이었다.

'역시 경상도의 의병이 많구나.'

경상도는 왜적의 침입을 가장 먼저 받은 지역이었다.

그러다보니 다른 지역보다 의병이 봉기가 빠르며 숫자도 많았는데 단순히 경상도가 왜군에 점령당한 이유보다는 남명(南冥) 조식(曺植)의 영향을 받은 제자들이 궐기한 이유가 가장 지대했다.

김면, 곽재우, 정인홍, 조종도 등이 모두 남명 조식의 문인이었다.

이혼은 의병장의 공을 일일이 치하한 후 김면을 보았다.

명성은 곽재우가 조금 더 높았으나 의병사이를 조율하며 초유사(招諭使) 김성일과 경상도 의병을 지휘한 사람이 이 김면이었다.

곽재우는 조헌처럼 성격이 과격해 타협하는 경우가 없었다.

이는 바로 드러났는데 왜란 초기 경상우감사로 있다가 도망친 김수를 맹비난하여 김수가 패장이니 즉시 참할 것을 주장하였다.

이에 김수 역시 곽재우가 역심을 품었으니 벌해야한다는 주장을 펴 김수와 곽재우 사이에 감정의 골이 깊어질 대로 깊어져 있었다.

이때, 초유사 김성일과 의병장 김면이 두 사람 사이를 중재해주었다.

만약, 이 둘이 없었으면 경상도 의병은 모래알처럼 흩어졌을 것이다.

이혼은 김면에게 물었다.

"정인홍은 왜 보이지 않소?"

"그는 독자적으로 움직일 거 같습니다."

"알겠소."

이혼은 정인홍이라면 그럴 거라는 생각이 들어 더 이상 묻지 않았다.

정인홍은 곽재우보다 더한 외골수였다.

신료와 장수의 소개를 받은 이혼은 그 중 몇 사람을 안으로 청했다.

곽재우와 김면, 김성일 세 사람이었다.

이혼은 자리에 앉아 차를 내어주며 물었다.

"경상도의 상황은 어떻소?"

김성일이 세 사람을 대표해 대답했다.

"경상우도는 의병이 활약한 덕분에 거의 다 수복한 상태이옵니다."

조선에서 좌우는 사람의 좌우가 아니라, 도성에서 보는 좌우였다.

즉, 도성에서 보았을 때 왼쪽이 좌측, 오른쪽이 우측이었다.

여수에 있는 수영이 좌수영, 해남에 있는 수영이 우수영인 이유다.

해남이 여수보다 서쪽에 있어 지도에서 보면 좌수영으로 보이지만 도성에서 보면 그 반대라 여수에 있는 수영이 좌수영이었다.

그래서 김성일이 말한 경상우도는 경상도의 서쪽지역으로 의령, 거창, 합천, 고령, 성주 등이 바로 경상우도에 속하는 고을이었다.

곽재우가 의령, 김면이 거창과 고령, 정인홍이 합천에서 봉기해 자연히 경상우도에 속한 고을을 경상도에서 가장 먼저 수복했다.

"다행이오."

이혼은 경상사단의 사단장을 맡은 곽재우에게 물었다.

"왜적을 어떻게 상대할지 그 방법은 생각해두었소?"

"예, 저하."

"들려주시오."

"왜적의 수가 많으니 큰 성을 거점으로 삼은 연후에 유격전을 통해 적의 보급부대 등을 기습하는 방법으로 진행할 계획이옵니다."

"아주 훌륭하오."

이혼은 고개를 끄덕이며 몇 가지 당부했다.

"왜군은 금산에서 전라도로 들어가는 길이 막히면 분명 진주에서 전라도로 들어갈 계획을 세울 것이오. 이때, 경상사단이 뒤에서 왜군 후위를 교란해줘야 진주성의 전라사단병력이 편해질 것이오."

"명심하겠습니다."

"편제는 어찌 하기로 했소?"

"아직 정하지 못한 상태이옵니다."

이혼은 곽재우, 김면, 김성일과 상의해 곽재우를 사단장, 김면을 참모장, 김성일을 경상도 군수지원사령부 사령관으로 임명하였다.

또, 경상도 북부를 지키는 1연대 연대장에는 손인갑, 남부를 수복하는 2연대장에는 박진(朴晉), 서부를 지키는 3연대장에는 정세아(鄭世雅), 동부를 지키는 5연대장에는 김해(金垓)를 임명했다.

그 날 밤, 이혼은 곽재우 등과 밤을 새워가며 작전에 대해 상의했다.

"올해 안으로 이 전란을 끝내는 게 내 목표요."

이혼의 말에 다들 놀란 눈치였다.

그들 입장에선 젖비린내가 채 가시지 않은 세자의 치기로 보였다.

왜군의 세력이 경상도 충청도, 경기도, 그리고 평양성까지 뻗어 있어 올해 안으로 이를 밀어내는 일은 사실상 불가능에 가까웠다.

한데 이 철부지 같은 세자는 입에서 나오는 대로 말을 막 뱉었다.

함경도에서 가토의 2번대를 무찌른 일과 충청도 반을 수복한 일은 물론 대단해보이지만 어느 정도 허풍이 섞여 있는 걸로 보았다.

이혼은 자기 말에 살을 붙였다.

"우선 1차 계획은 반 성공한 셈이오."

"1차 계획이 무엇입니까?"

김성일의 질문에 이혼은 솔직하게 털어놓았다.

"청주와 충주, 그리고 금산에 전선을 형성해 왜군을 경기도 이북과 경기도 이남 두 곳으로 분리하는 게 내가 세운 1차 계획이오."

병법에 조예가 깊은 김면이 물었다.

"그럼 경기 이북과 경기 이남의 왜군에게 협공당하지 않겠습니까?"

"그래서 경상사단의 역할이 중요하오. 경상사단이 활발하게 움직여서 왜군을 정신없게 만든다면 이 전선은 더 공고해질 것이오."

고개를 끄덕인 김성일이 물었다.

"하오시면 저하께서는?"

"나는 근위, 전라사단과 올라가 경기이북의 왜군을 칠 계획이오. 우선 경기이북의 왜군을 몰아내야 전선을 남쪽으로 내릴 수 있소."

이혼의 계획을 들은 세 사람은 크게 기뻐했다.

어리게만 보았던 이혼에게 이런 계획이 있을지 몰랐다.

계획이 성사되느냐, 아니냐를 떠나 이런 생각을 하는 사람이 세자라면 목숨을 바쳐 충성할 수 있을 거 같은 기분을 같이 느꼈다

하루 동안 청주성에 머무르며 여독을 푼 경상사단은 다시 경상도로 내려가 수복한 성을 베개 삼아 대대적인 유격활동에 들어갔다.

경상도를 맡은 모리 테루모토의 7번대는 3만에 이르는 병력으로 부산에서 충청도로 이어지는 보급로를 지키는 중이었는데 경상사단의 유격군이 도처에서 활동해 이를 막는데 전력을 집중했다.

이혼은 그 사이 전열을 정비하여 충청사단의 편제를 완성해나갔다.

충청사단은 사단장 조헌을 중심으로 1연대장 영규, 2연대장, 이봉(李逢), 3연대장 정경세(鄭經世), 5연대장 처영(處英)의 진용을 갖췄는데 모두 의병장이었으며 영규와 처영은 그 중 승병장이었다.

이혼은 조헌의 본부연대를 청주성에 두게 한 연후에 1연대장 영규를 충주로, 2연대장 이봉과 3연대장 정경세를 충청도 서쪽으로, 5연대장 처영은 금산방면으로 보내 전선을 공고히 다져나갔다.

며칠 후, 이혼은 권율의 전라사단, 처영의 충청도 5연대

병력과 같이 남하해 고바야카와 다카카게가 수비하는 금산성으로 나아갔다.

총 병력이 2만에 가까운 대군으로 보급품을 실은 수레가 수천 여대가 넘을 지경이어서 본부연대의 병력을 계속해서 충원하였다.

중군을 근위사단, 좌군을 전라사단, 우군을 충청사단이 맡아 기세 좋게 남하한 조선군은 마침내 금산성 북쪽 언덕에 진채를 내렸다.

고경명부자와 유팽로(柳彭老), 안영(安瑛) 등이 전사한 그 성이다.

선영들의 피가 묻어 있는 금산성은 웬일인지 조용했다.

가끔 개가 짓는 소리 외에는 사람의 인기척이 전혀 없었다.

이혼은 강문우를 보내 금산성을 정탐했다.

그 날 저녁, 강문우가 놀라운 소식을 전해왔다.

고바야카와군이 금산성에 잠시 들렀다가 바로 북상했다는 정보였다.

청주성에서 승리한 조선군이 금산성으로 올 줄 예상했는지 그 전에 금산성을 빠져나와 사령부가 있는 도성으로 옮긴 모양이었다.

이혼은 조심을 기하기 위해 먼저 유격연대를 보냈다.

유격연대는 성을 향해 상스런 욕을 하거나, 왜장이 차던 갑옷과 투구를 장대에 묶어 흔들었는데 안에서는 아무런 반응이 없었다.

유격연대장 이붕수는 용감한 병사를 추려 성문으로 보냈다.

그러나 성문에 접근하는 데는 시간이 걸렸다.

그 만큼 왜군의 매복에 겁을 먹은 것이다.

실제로 평양성에서는 명 기병이 고니시군의 매복에 걸려 전멸했다.

삐걱!

성문은 의외로 쉽게 열렸다.

병사들은 눈짓으로 신호를 주고받다가 성 안으로 뛰어들었다.

한데 왜군의 모습은 정말 보이지 않았다.

성 안에 널린 말똥과 사람의 대소변이 악취를 풍길 뿐이었다.

소식을 들은 이붕수가 안으로 들어와 칼로 말똥을 눌렀다.

이미 굳어 딱딱해져 있었다.

이런 여름에 말똥이 굳으려면 상당한 시간이 필요했다.

그 말은 왜군이 이미 금산성을 떠난 지 오래라는 말이었다.

이붕수는 만전을 기하기 위해 동헌과 객사를 수색하라

지시했다.

　가재도구가 나와 있거나, 문이 부서진 거 외에는 특이점을 발견하지 못한 이붕수는 바로 본대에 전령을 보내 이 사실을 통보했다.

　그제야 안심한 이혼은 먼저 충청사단을 보냈다.

　그리고 뒤이어 권율의 전라사단에게 충청사단을 엄호하게 하였다.

　만약, 왜군이 공성계를 사용해온다면 근위사단은 남아 있어야했다.

　마침내 모든 위험을 제거한 근위사단은 마지막으로 성에 들어갔다.

　이리하여 전라도를 노리는 비수를 제거하는데 성공했다.

　왜군이 금산성에 주둔할 경우, 전라도는 계속 위험에 노출되었다.

　한데 금산성을 수복했으니 이제 전라도가 보다 안전해졌다.

　이혼은 금산과 전주 등 근처 고을에 방을 써 붙여 백성을 달랬다.

　또, 의병을 모집해 부족한 관군의 숫자를 보충했다.

　아예 즉석에서 천인을 면천해주는 증서를 써준 후 입대를 권했다.

이혼이 면천첩(免賤牒)을 남발하는 듯 보였는지 이원익이 말렸다.

"이러면 훗날 팔도에 있는 노비의 씨가 마를 겁니다."

"나라가 망할 판인데 노비들이 있어 무엇 하겠소."

일축한 이혼은 면천해준다는 소문을 계속 내게 하여 병력을 모았다.

그렇게 해서 전라사단과 충청사단의 병력을 늘린 이혼은 금산성을 처영이 지휘하는 충청사단 5연대에게 맡긴 후 경기도로 떠났다.

또, 전라사단 3연대를 전주성에 두어 금산성의 충청사단 5연대가 의지하게 했으며 진주에 있는 5연대는 진주를 방어하라 명했다.

그 외 전라사단의 나머지 병력은 같이 경기도로 출발했다.

금산에서 옥천을 지나, 대청호(大淸湖)로 가는 동안, 전라사단과 손발을 맞추기 위해 수기를 이용한 통신법과 진형 구축을 훈련했다.

또, 자주 지휘관 회의를 주재해 근위사단의 전술을 배우도록 했다.

회의에는 사단장 권율과 1연대장 황진, 2연대장 김천일이 참여했다.

그들 외에 젊은 장수가 한 명이 더 있었는데 바로 정기롱이었다.

이혼이 정기룡을 근위사단에 임시 배속하는 바람에 같이 이동 중이어서 그 역시 회의에 참석해 새로운 전술에 대한 지도를 받았다.

"내가 생각하는 전술의 핵심은 화력이오. 화력을 잘 투사하면 왜군의 단점을 공략함은 물론이거니와 아군의 장점을 키울 수가 있소."

권율 등은 동시에 고개를 끄덕였다.

이혼의 말이 이어졌다.

"두 번째는 정찰이오. 이동시에는 반드시 정찰에 신경써야하오. 이는 주둔 시 역시 마찬가지요. 항시 정찰병을 보내 적의 위치와 숫자, 목적 등을 알아내야하오. 그러면 승리할 수 있을 것이오."

이혼은 장수들을 바라보며 다시 입을 열었다.

"마지막 세 번째는 군율이오. 군율이 엄정해야 난전이 벌어지거나, 퇴각할 시에 전열이 흐트러지지 않을 수 있소. 그렇다고 마음에 들지 않는 병사를 마음대로 베라는 얘기가 아니오. 오히려 그러면 상관에 불만을 품거나, 두려워하게 되어 전세가 어려워지면 대규모 탈영병이 발생하거나, 실책을 가리는데 급급할 것이오."

권율이 물었다.

"군율을 엄격하게 집행은 하되 숨을 쉴 여유를 주라는

말씀입니까?"

"바로 그렇소."

"명심하겠습니다."

밤늦도록 회의와 훈련을 해가며 행군하던 부대는 청주에서 진천, 안성을 지나 마침내 경기도에 입성했는데 왜군은 보이지 않았다.

속도를 늦춰가며 진격하던 이혼은 사방에 정찰병을 풀어 정탐했다.

"도성에 근처의 왜군이 모두 모인다는 소문이 경기도에 파다합니다."

강문우의 말에 이혼은 급히 물었다.

"얼마나 모인다던가?"

"강원도의 5번대, 전라도의 6번대에 도성에 있던 8번대, 그리고 황해도에 있는 3번대와 전열을 수습한 2번대, 5번대라 하더이다."

"으음, 모두 합치면 5, 6만에 이르겠군."

"도성에서 결전을 치를 계획으로 보였습니다."

"수고했네. 정찰중대는 계속 정찰병을 보내 적의 이동을 감시하게."

"예, 저하."

강문우가 나간 후 이원익이 걱정스런 표정을 지었다.

"적이 대군이라면 진격을 일단 멈춰야하지 않겠습니

까?"

이혼은 고개를 저었다.

"겨울이 오기 전에, 그리고 추수를 시작하기 전에 승기를 가져와야하오. 그래야 장기전으로 가는 상황을 막을 수가 있을 것이오."

"하오시면 정말 도성을 칠 생각입니까?"

"그렇소. 적이 대군이라면 우리가 향할 곳은 이곳이오."

이혼은 지도의 한 점을 가리켰는데 다들 어리둥절한 모습이었다.

정탁이 물었다.

"지도에는 없는 곳인데 대체 어디입니까?"

"행주산성(幸州山城)이오."

권율의 눈이 조금 커졌다.

"신이 행주산성을 본 적 있는데 대군을 막기에는 무리이옵니다. 성벽조차 없는 토성에 아군이 진채를 내릴 장소마저 부족합니다."

"아니오. 오히려 행주산성처럼 작은 산성이 우리에게 더 유리하오."

고개를 저은 이혼은 행주산성으로 가야하는 이유를 설명했다.

몇 명은 고개를 저었다.

그리고 몇 명은 고개를 젓는 대신, 심각한 표정을 지었다.

지금까지 이혼을 잘 보필하던 정탁마저 의구심을 드러냈다.

"저하, 지금까지는 정말 훌륭히 해오셨습니다. 하온데 너무 서두르시다가 천려일실을 범할까 두려우니 부디 재고하여 주십시오."

권율 역시 같은 생각이었다.

"도성에 있는 왜군을 위협하실 생각이면 수원의 독성산성(禿城山城)이 좋습니다. 험지에 위치해 있어 방어하기 수월한 곳입니다."

"그렇게 하십시오, 저하."

"맞습니다. 행주산성은 도성과 너무 가깝습니다."

"권장군의 말이 옳습니다. 독성산성에서 농성하다가 명의 지원군이 오기를 기다려 남북 양쪽에서 협공하는 게 최선의 방법입니다."

제장들이 거푸 말렸지만 이혼은 자기 뜻을 관철했다.

결국, 조선군은 수원을 지나 한강 남치에 이르렀다.

그리고 바로 한강 유역에 있는 나룻배와 뗏목을 모으기 시작했다.

이혼은 빠르게 모여드는 나룻배와 뗏목을 보며 생각했다.

'아무리 빨리 움직여도 어차피 발각 당하게 되어 있다.'

더구나 밤에는 도하할 수 없었다.

유량이 불어 밤에 도하하다가는 물고기 밥으로 변하기 십상이었다.

이혼은 결국 환한 낮에 도하하기로 결정을 내렸다.

물론, 참으로 위험한 결정이어서 그 전에 준비가 반드시 필요했다.

이혼은 근위사단과 전라사단에 연락해 헤엄이 능한 자를 선발했다.

다시 그 중에서 몸이 날래며 총명한 병사를 골랐다.

자의반 타의반 해서 100여 명의 병사가 이혼 앞에 도열했다.

이혼은 그들을 다시 소대규모인 서른 명으로 추렸다.

추리는 방법은 무예였는데 다들 장기가 하나씩 있을 만큼 뛰어났다.

고민 끝에 서른 명을 추린 이혼은 장수들을 불렀다.

"지금 당장 위험한 작전을 하나 해야 하는데 자원할 사람이 있소?"

곧 사단장부터 대대장까지 장수 수십 명이 손을 들었다.

이혼은 한극함, 정탁, 이원익 등을 불러 물었다.

"저들 중 누가 좋겠소?"

세 사람은 한 목소리로 한 사람의 이름을 대었다.

바로 정기룡이었다.

이혼은 곧 정기룡을 불러 무기를 주며 해야 할 일을 알려주었다.

비장한 얼굴로 고개를 끄덕인 정기룡은 출발하기 직전까지 병사들을 지휘해 무기의 사용법을 모두 익힌 후 강물에 몸을 던졌다.

처음에는 강물이 시원했다.

다들 속옷 한 장만 입어 맨살에 세찬 강물이 닿는 순간.

수십일 넘게 씻지 못해 찝찝하던 몸이 시원해지는 느낌을 받았다.

그러나 시원한 느낌은 오래가지 않았다.

곧 한기가 찾아와 몸이 사사나무처럼 떨렸다.

더구나 그들은 맨몸으로 하는 수영이 아니었다.

무기를 실은 몇 척의 뗏목을 밀며 한강 북쪽 둔치로 헤엄쳐야했다.

얼굴, 심지어 이마저 검게 칠한 그들은 어둠에 완벽히 동화되어 3, 4미터 앞에 있어도 발견하기 쉽지 않을 만큼 철저히 위장했다.

그들이 선택한 수로는 강폭이 좁으며 물살이 약한 곳이었다.

강폭이 좁으면 당연히 유량이 많아 물살이 강했다.

그리고 물살이 약한 곳은 당연히 강폭이 넓었다.

서로 상충되는 두 개의 조건을 만족하는 델 찾는 건 아주 어려웠다.

만약, 한강에서 수십 년 동안 고기를 잡아 생활하던 어부출신 병사들이 조선군 안에 없었으면 이런 장소를 절대 찾지 못했을 것이다.

정기룡은 수염이 막 자라기 시작한 젊은 병사 하나가 뗏목을 놓치는 모습을 보았다. 몸을 덜덜 떠는 걸로 보아 추위가 심한 듯했다.

얼른 손을 뻗어 병사를 잡은 정기룡은 한 손으로 뗏목을 밀며 다른 한 손으로는 혼자서 헤엄을 치지 못하는 병사를 끌어당겼다.

악전고투 끝에 거의 한 시간이 지나서야 강변에 도착했다.

정기룡의 눈짓에 이 주변 지리를 잘 아는 병사들이 몸을 날렸다.

잠시 후, 그들이 돌아와 고개를 끄덕였다.

이 주변은 안전하다는 의미였다.

정기룡은 그제야 물에서 걸어 나와 뗏목을 수풀 안으로 끌어당겼다.

뗏목 안에는 칼과 창, 간단한 옷이 있었다.

정기룡은 그 중 수건과 옷 하나를 집어서 젊은 병사에게 건넸다.

"빨리 닦아라. 한기가 가실 게다."

"고맙습니다, 장군."

"어른들도 어려운 일이었는데 포기하지 않은 게 장하다."

옷과 무기를 챙긴 정기룡 등은 수풀을 따라 천천히 전진했다.

얼마 후, 앞선 병사 하나가 뭘 보았는지 손가락을 하나 펴보였다.

정기룡은 미리 정해둔 신호대로 주먹을 쥐어보였다.

쉬익!

작은 파공음 하나가 울린 후.

그 병사가 다시 나와 고개를 끄덕였다.

소년 병사는 방금 전 병사가 머물렀던 곳에 이르렀는데 깜짝 놀라 소리를 지를 뻔했다. 잘못 디디는 바람에 시체를 밟은 것이다.

자세히 보니 시신은 왜국 영주가 부리는 닌자로 보였다.

체구는 어린아이처럼 작았으며 얼굴은 검은 복면으로 감췄다.

정기룡과 병사들은 한강변을 감시하는 닌자를 제거하며 나아갔다.

주위를 둘러보던 정기룡은 주먹을 쥐어 위로 올렸다.

그 모습에 강변을 수색하며 지나가던 병사들이 정지했다.

주먹은 그 자리에 멈추라는 신호다.

정기룡은 다시 병사들에게 등에 맨 봇짐을 가리켰다.

이에 병사들은 고개를 끄덕이더니 봇짐 안에서 무기를 꺼내들었다.

바로 지뢰였다.

지뢰를 제조한 장인들은 이를 용조(龍爪)라 불렀다.

용조는 용의 발톱이란 뜻이었다.

이혼이 회령성에서 만든 신형 포탄을 용란으로 부르는 거에 착안해 지뢰가 폭발하는 모습이 마치 용이 발톱으로 땅을 내려찍는 거와 비슷하다하여 자기들끼리 용조라는 이름을 붙여 사용했다.

정기룡 등은 용조를 조심조심해서 위로 가져갔다.

용조를 받치는 게 작은 대나무여서 충격을 주면 폭발할지 몰랐다.

정기룡과 병사들은 길목에 용조를 매설하기 시작했다.

정기룡은 병사들이 매설하는 광경을 감독하며 명을 내렸다.

"해체할 때 필요하니 그 옆에 표식으로 쓸 걸 놓아두어라."

"예."

매설을 마친 정기룡 등은 강가에 돌아와 대나무조각에 불을 붙였다.

이어 불이 붙은 대나무조각을 쥐불놀이 하듯 빙빙 돌렸
다.

잠시 후, 반대편 강가에서 보았는지 불꽃이 몇 번 깜빡
였다.

"이제 우리는 왜군을 막으러 간다."

정기룡의 말에 몇몇 병사의 얼굴이 어두워졌다.

정기룡은 결사조 30명과 왜군이 올만한 길에 매복했다.

다음 날 새벽, 짙은 강 안개가 강변을 뒤덮었을 무렵.

근위사단 1연대 1대대가 먼저 한강을 도하했다.

강변에 도착한 1대대는 바로 강변에 모래가 든 포대를
높이 쌓았다.

부대가 도하하는 동안, 1대대만이 아군의 보호가 가능
했다.

1대대가 거점을 구축하는 동안, 1연대 나머지 병력이 도
하에 나섰다.

그리고 그 뒤를 2연대와 3연대가 차례로 도하했다.

도하를 마친 연대가 늘어날수록 강변에 만든 거점은 단
단해졌다.

3연대 다음은 본부연대였다.

본부연대는 짐이 워낙 많아 무려 천여 척의 뗏목이 필요
했다.

어느새 떠오른 태양에 강변에 가득하던 안개가 흩어졌

다.

이혼은 하늘을 보며 이마에 흐르는 땀을 연신 닦았다.

"시간은 얼마나 필요한가?"

이혼의 질문에 이호의가 대답했다.

"앞으로 1시진이 더 필요합니다."

1시진은 두 시간이라는 말이었다.

이혼은 권율을 불러 5연대와 함께 뒤를 단단히 지키게
했다.

근위사단이 다 있을 때는 수가 많아 공격을 포기한 왜군
이 숫자가 줄어든 틈을 이용해 기습해올 가능성이 있어 아
주 위험했다.

이혼은 나룻배에 올라 강을 도하했다.

이글거리는 태양이 도도히 흐르는 한강을 은빛 물살로
만들었다.

초조한 표정으로 강을 도하한 이혼은 1연대에 명했다.

"지금 즉시 행주산성으로 이동해 도착 사실을 알려라."

"예, 저하."

며칠 전 정찰중대의 보고에 의하면 행주산성에는 도성
근처의 백성 수천 명과 관군 수백 명이 숨어있었다. 왜군
은 군사적 요충지라는 생각이 없었는지 점령을 포기해 따
로 공성을 하지 않았다.

1연대가 떠난 후 이혼은 2연대 반을 딸려 보냈다.

시간은 어느새 정오에 이르렀다.

고개를 돌린 이혼은 강변을 보았다.

기병연대 군마를 실은 나룻배와 뗏목이 쉴 새 없이 오갔다.

이제 기병연대와 유격연대, 그리고 5연대와 전라사단만이 남았다.

그때였다.

전방을 정찰하던 강문우가 급히 돌아와 아뢰었다.

"저하, 왜군 수천이 도성에서 강변으로 오는 중입니다!"

"방향은?"

"결사조가 있는 방향입니다."

"정기룡을 믿어야겠군."

그 순간, 저 멀리서 왜군 기병대의 말발굽 소리가 들려왔다.

그리고 그와 동시에 용조가 폭발하며 치솟는 흙이 눈에 들어왔다.

이혼은 말에 올라 소리쳤다.

"2연대와 3연대는 나를 따르라!"

소리를 지른 이혼은 그대로 말을 몰아 왜군을 향해 덮쳐 갔다.

3장. 결전의 장소로

光海緝

## 3장. 결전의 장소로

"워워!"

이혼은 흥분해 날뛰는 말을 부드럽게 쓰다듬었다.

그제야 진정한 말은 투레질을 몇 번하더니 콧김을 길게 뿜어냈다.

"그래, 그래. 착하지."

허준은 군마 수백 마리 중에 가장 순한 놈을 골라 그에게 주었다.

이혼이 왕자시절이나, 아니면 세자시절의 기억을 모두 잃어버려 승마술 역시 같이 잊어버린 걸로 아는 허준 나름대로의 배려였다.

거친 말은 이혼과 같은 초보에게 어울리지 않았다.

아니, 오히려 위험했다.

군마가 날뛰는 날에는 노련한 장수마저 통제를 힘들어한다.

그런고로 이혼에게는 순한 말이 어울렸다.

한데 그런 말이 지금은 흥분해 날뛰었다.

그 앞에서 투지를 끓게 하는 전투가 한창이었던 것이다.

5번대로 보이는 왜군은 갑자기 폭발한 용조의 위력에 휘말려 대형이 크게 흐트러져 있었는데 조선군은 그 틈을 놓칠 생각이 없었다.

근위사단과 전라사단이 한강을 도하한다는 소식을 들은 도성의 왜군 수뇌부는 바로 요격부대를 보내 이를 중간에 저지하려 하였다.

사실, 왜군은 조선군의 도하계획을 파악한지 오래였다.

이혼이 이붕수의 유격연대를 한강 남쪽의 성에 보내 교란에 나섰지만 도하계획을 완벽히 감추지는 못해 왜군은 대비에 들어갔다.

한데 이혼이 결사조를 보내 몰래 왜군의 눈과 귀 역할을 하는 닌자를 먼저 제거할 줄은 예상치 못했는지 반응이 한 박자 늦었다.

조선군 장수들은 왜군의 전투방식을 이해하는 데 시간이 필요했다.

어쩌면 임진왜란이 일어난 7년 동안 파악하지 못했을

光海鏡 3

가능성마저 있었는데 이혼은 그들의 방식을 공부한 후여서 그들과 달랐다.

그가 알기로 왜군은 닌자를 이용해 정보를 얻었다.

한데 그런 닌자를 제거하면 정보에서 한 발 앞서나갈 수 있었다.

왜군 수뇌부가 도성에서 전열을 수습 중이던 5번대를 부랴부랴 보냈을 때 조선군은 이미 강변에 거점구축을 모두 완료한 후였다.

더구나 정기룡이 지휘하는 결사조가 이혼이 만든 용조를 매설해 왜군이 피해를 입었는데 설상가상으로 조선군이 모습을 드러냈다.

2연대장 정문부가 손을 번쩍 들어올렸다.

"쏴라!"

그 순간, 요란한 총성과 함께 하얀 연기가 대지를 휘감았다.

기병으로 이루어진 왜군 앞 열이 무너지며 보병부대가 달려왔다.

"포수는 뒤로!"

이어진 명에 연대 통신장교가 수기를 미친 듯이 휘둘렀다.

사격을 마친 포수가 후퇴하는 사이, 활을 든 사수들이 앞으로 나왔다.

"쏴라!"

같은 명이지만 총성은 울리지 않았다.

그 대신, 메뚜기 떼처럼 날아오른 화살이 왜군 보병부대를 쓸어갔다.

두 번에 걸친 원거리공격에 왜군은 큰 피해를 입었다.

그러나 포기하지는 않았다.

살아남은 왜군은 결사적으로 거리를 좁혀오며 조총을 쏘았다.

2연대는 활을, 왜군은 조총을 쏘며 원거리공격을 맹렬히 퍼부었다.

시간이 지날수록 2연대 사수의 피해가 늘어났다.

정문부가 팔을 번쩍 들어 정면을 가리켰다.

"살수부대는 앞으로 나와 사수를 호위하라!"

잠시 후, 방패를 든 살수부대가 사수부대를 보호하기 위해 전진했다.

살수부대의 방패는 왜군이 사용하는 타케타바였다.

타케타바는 대나무다발이란 뜻으로 대나무 수십 개를 한데 묶어 하나의 다발로 엮은 후 그 다발을 몇 개 묶어 방패로 만들었다.

일반적인 방패는 조총의 탄환을 막아내지 못했다.

총이 등장한 후 갑옷이 사라진 이유 역시 같았다.

플레이트 아머와 같은 갑옷이 탄환을 막지 못함에 따라

갑옷의 유일한 장점이 사라지며 화려한 군복을 입은 전열 보병이 등장한다.

조총을 일찍 받아들인 왜군 역시 이와 비슷한 상황을 겪었다.

전에는 나무방패를 사용했는데 나무방패는 탄환을 방어하지 못했다.

그래서 등장한 무기가 타케타바라 부르는 대나무방패였다.

이 대나무방패는 대나무를 여러 개 엮어 다발로 만들어 제작하는데 탄환이 다발을 완전히 뚫지 못해 조총병을 보호할 수 있었다.

이혼은 살수부대에 대나무방패를 주어 왜군의 조총을 막도록 했다.

그리고 그 사이, 사수와 포수는 대나무방패의 엄호를 받으며 왜군을 맹렬히 공격했는데 점차 화력에서 조선군이 우세를 점하였다.

초조하게 지켜보던 이혼은 고개를 돌렸다.

"3연대는 측면을 쳐라!"

"예, 저하!"

투구를 고쳐 쓴 고언백은 3연대를 왜군 측면으로 이끌었다.

탕탕탕!

정면과 측면 양쪽에서 협공을 당한 왜군은 도미노처럼 무너졌다.

충주와 청주에서 연달아 패한 후쿠시마 마사노리의 5번대는 싸우기 전에 이미 사기가 떨어져 무너지는 군을 수습할 대책이 없었다.

"더 몰아쳐라! 본대가 도하할 시간을 벌어야한다!"

이혼의 독려를 받은 2연대와 3연대는 무너지는 5번대를 몰아붙였다.

결국, 왜군 5번대는 대패해 도성으로 황급히 퇴각했다.

그제야 안심한 이혼은 새로운 명을 내렸다.

"2, 3연대는 도성에서 오는 왜의 지원군을 차단해라."

"예!"

2연대는 서오릉으로, 3연대는 망월산으로 향해 도성에 진주한 왜군을 경계하며 근위사단의 다른 부대가 강을 도하하는 시간을 벌었다.

이혼은 다시 강변에 돌아와 도하작전을 서둘렀다.

"기병연대는?"

이혼 대신 도하를 지휘하던 참모장 한극함이 대답했다.

"방금 도하를 마쳤습니다."

"다음은 어디요?"

"포병연대와 본부연대순입니다."

"그럼 5연대가 마지막이오?"

"예, 저하. 5연대와 전라사단이 마지막입니다."

기병연대와 포병연대, 그리고 본부연대와 5연대가 차례로 도하를 마친 후 마지막으로 권율이 지휘하는 전라사단이 강을 건넜다.

전라사단의 마지막 병력이 도착함과 동시에 이혼은 말에 올랐다.

"목적지는 행주산성이다! 출발하라!"

"옛!"

이혼은 병력을 지휘해 행주산성으로 급히 이동했다.

도하한 지점에서 강변을 따라 동쪽으로 1킬로미터 이동했을 무렵.

마침내 그 앞에 행주산성이 모습을 드러냈다.

행주산성을 직접 본 병사들은 실망감을 감추지 못했다.

이름에 산성을 붙이는 게 민망할 지경이었는데 100미터에 불과한 높이에 허물어져가는 석벽이 전부여서 농성이 불가능해보였다.

이혼은 행주산성에 들어가 피신해 있는 백성을 먼저 만났다.

백성의 수는 3천여 명이었으며 주로 노약자와 어린아이였다.

이혼은 촌장을 불러 물었다.

"달리 피할 데가 있는가?"

"어찌 물으시옵니까?"

"이제 행주산성은 적아를 구분하기 어려운 전장으로 변할 텐데 백성이 피해를 입지 않으려면 최대한 먼 곳으로 피하는 게 좋겠네."

고민을 하는지 촌장의 얼굴에 가득한 주름이 춤을 추듯 꿈틀거렸다.

잠시 후, 촌장은 검버섯이 가득한 얼굴을 좌우로 흔들었다.

"피할 데는 있사오나 피하지 않겠사옵니다."

"그게 무슨 말인가?"

"소인이 늙긴 했으나 왜적과 싸울 힘은 남아있사옵니다."

이혼은 그제야 촌장의 의중을 알았다.

"위험하네. 그리고 훈련받지 않는 민간인, 아니 백성과 같이 싸우면 오히려 정규군에 피해가 갈지 모르니 빨리 대피하도록 하네."

촌장은 비장한 표정으로 고개를 흔들었다.

"병사들 옆에서 싸우겠다는 말이 아니옵니다."

"그럼?"

"밥을 짓거나, 물을 나르는 일이라면 위험하지 않사옵

니다."

이혼은 좌우에 시립한 한극함과 정탁, 이원익, 권율 등을 보았다.

"촌장의 제안을 제장들은 어찌 생각하시오?"

한극함은 고개를 끄덕였다.

"괜찮아 보입니다."

"다른 사람들은?"

정탁 역시 고개를 끄덕였다.

"촌장의 제안을 받아들이시지요. 행주산성에 있는 백성들을 내보내면 화가 난 왜군에게 보복을 당할 위험이 있습니다. 오히려 근위사단, 전라사단이 있는 산성이야말로 안전한 대피처일 겁니다."

정탁은 그 뒤에 '점령당하지 않는다면 말입니다.' 라는 말을 붙이려했으나 그만두었다. 초장에 장수들의 사기를 꺾어 좋을 게 없었다.

이원익과 권율의 의견 역시 다르지 않았다.

이혼은 촌장의 손을 잡았다.

"그럼 백성들에게 군의 후방지원을 부탁하겠네."

"황송하옵니다."

절을 올린 촌장은 행주산성에 있는 백성을 모아 본부연대가 보낸 쌀과 고기, 채소 등으로 저녁을 지어 병사들에게 나누어주었다.

"아낙들은 강변에 가서 물을 떠와 준비한 장독에 붓도
록 하게! 그리고 몇 명은 아이들을 산에 데려가 땔감을 주
워오도록 하게! 얼마나 길어질지 모르니 사지가 멀쩡한 사
람들은 모두 나서게!"

"알겠습니다, 어르신!"

촌장은 몇 달 동안 피죽을 먹어가며 피난한 노인이라고
는 믿기지 않는 목소리로 백성들을 독려하며 행주산성의
농성을 준비했다.

백성들이 알아서 농성을 준비할 무렵.

이혼은 장수들과 행주산(幸州山)을 둘러보았다.

당연히 행주산성은 행주산에 있어 행주산성이라 불렸
다.

그리고 다른 이름으로는 덕양산(德陽山), 또는 성산(城
山)이라 했는데 지금의 고양시(高陽市) 덕양구(德陽區)가
이 산 이름에서 왔다.

이혼은 행주산 정상에 올라 주위를 둘러보았다.

남쪽에는 한강이 보였다.

너비가 만만치 않아 부교(浮橋)를 세우려면 몇 달이 필
요했으며 수군으로 공격하기에는 물살이 빨라 효과를 거
두기 어려워보였다.

그 말은 남쪽은 걱정할 필요 없다는 말이었다.

그리고 그 말은 아군 역시 도망칠 데가 없다는 말과 같

았다.

행주산성을 빼앗기면 민관군 수만 명이 모두 몰살당하는 것이다.

이혼의 시선이 행주산 북쪽으로 돌아갔다.

북쪽은 삼지창처럼 세 개의 능선이 뻗어 있는 지형이었다.

능선의 지형을 살펴보던 한극함이 정탁에게 물었다.

"여길 방어하려면 부대를 세 개로 나누어야겠소. 어떻게 생각하시오?"

"같은 생각입니다. 옹성처럼 능선 세 개가 좌측, 가운데, 우측으로 뻗어 나와 있으니 부대를 나누어 방어하는 게 좋을 거 같습니다."

권율이 한발 앞으로 나왔다.

"저하, 저희 전라사단이 능선 하나를 맡게 해주십시오."

"마음에 둔 곳이 있소?"

"오른쪽 능선을 맡겨 주시면 반드시 사수해보이겠습니다."

"오른쪽은 도성과 가까워 적이 총공세를 펼지 모르는데……."

"소장의 부하들은 이치와 웅치전투에서 살아남은 전사입니다! 반드시 전선을 사수하여 저하의 기대에 어긋나지 않도록 하겠습니다!"

보다 못한 이원익이 옆에서 거들었다.

"권장군의 부탁을 들어주시지요. 자신하는 데는 이유가 있을 겁니다."

이혼은 권율에게 고개를 끄덕였다.

"좋소. 권장군을 믿어보리다."

"황송하옵니다."

군례를 취한 권율은 전라사단 병력 4천을 오른쪽 능선으로 옮겨 진채를 세우기 시작했는데 황진이 지휘하는 1연대 2천은 능선 앞에, 김천일이 지휘하는 2연대 2천은 능선 뒤에 각각 자리했다.

이제 가운데와 왼쪽 능선을 방어할 부대를 정해야했다.

이혼은 2연대와 3연대를 불러 왼쪽 능선을 맡도록 했다.

그리고 가운데 능선은 1연대와 5연대가 같이 맡도록 했는데 기병연대는 최악의 경우가 아니면 후방에서 대기하라는 지시를 내렸다.

그 외 유격연대는 서오릉에 주둔하며 왜군의 후방을 교란하도록 했으며 포병연대는 전 능선에 걸쳐 아군을 지원하도록 하였다.

부대배치를 마친 이혼은 바로 방어준비에 들어갔다.

"행주산성의 성벽이 견고하지 못하니 나무로 방책을 세

우는 게 좋겠소. 방책 하나는 능선의 입구, 그리고 두 번째 방책은 내성 앞에 세우는데 시간이 없으니 모든 병력을 이에 투입하도록 하시오."

"예, 저하!"

장수들은 바로 병력을 지휘해 방책을 세웠다.

곧 행주산 전체에서 나무를 베는 도끼소리가 합창하듯 들려왔다.

보병이 방책을 세우는 동안.

이혼은 포병을 점검했는데 그 중 가장 먼저 화차부대를 방문했다.

전라지역의 군수지원사령부를 지휘하는 변이중은 그가 문종화차를 개조해 새로 만든 화차 30문을 급히 제작해 행주산성에 보냈다.

이혼은 화차의 실물을 처음 보았다.

물론, 나중에 복원한 화차의 모습은 본 적이 있었다.

기록문화를 중시하는 나라답게 화차와 신기전 등의 도해(圖解)가 존재해 당시 화차의 모습과 비교적 비슷하게 복원이 가능했다.

그러나 복원은 복원일 뿐이었다.

이혼의 앞에 있는 화차는 변이중이 만든 진짜 화차였다.

그리고 이 화차가 행주산성의 전투에서 승리를 가져다줄 것이다.

화차는 커다란 나무수레 위에 있었다.

운반할 때는 수레 따로, 총통 따로 운반이 가능했는데 구조는 크게 보면 수레, 받침대, 그리고 총통부 세 부분으로 나뉘어져 있었다.

화차를 살펴보던 이혼은 감탄한 표정으로 고개를 끄덕였다.

'훌륭하다.'

이혼은 포병연대장 장산호에게 물었다.

"화차에 사용하는 총통은 승자총통인가?"

"예, 저하. 승자총통 10문을 네 줄로 쌓아 총 40문을 설치했습니다."

"사용하는 탄환의 종류는 무엇인가?"

"쇠로 만든 철환(鐵丸)입니다."

"승자총통 1문에 철환을 몇 개 장전하는가?"

"15개입니다."

"그럼 40문이니 한 번에 600개를 발사하는 건가?"

"그렇습니다."

이혼은 흡족한 표정을 지었다.

"30대의 화차를 동시에 발사하면 18000개의 탄환을 발사하는 셈이군."

이혼은 화차의 손잡이를 잡아 움직여보았다.

"꽤 무겁군. 혼자서는 힘들겠어."

"예, 저하. 그래서 두 명이 한 조를 이루어 발사하옵니다."

"사거리는 얼마인가?"

"600보입니다."

"그럼 최대사거리가 720미터란 말인가?"

"예?"

이혼은 급히 손을 저었다.

"아닐세. 혼잣말이네. 병력의 선발과 훈련은 어떻게 하는 중인가?"

"솜씨가 좋은 포병을 따로 추려 훈련하는 중입니다."

이혼은 지도를 가져와 몇 개의 점을 가리켰다.

"화차를 능선 여기와 여기, 그리고 여기에 교차해 배치하도록 하게."

이혼이 가리킨 지점은 능선 안이었다.

삼지창으로 보면 튀어나온 세 개의 창 극 사이에 움푹 들어간 두 개의 부분이었는데 행주산이 삼지창과 닮아 비교하기 좋았다.

동공이 커진 장산호가 물었다.

"움푹 들어간 이 두 곳에 말이옵니까?"

"그렇다네. 놈들은 본부에서 먼 능선 밖이 아니라, 여기이 안으로 깊숙이 들어와 산 정상을 점령하려 들 걸세. 우리가 화차를 배치해 교차 사격한다면 탄막(彈幕)을 만들어 반격이 가능하네."

"탄막이 무엇입니까?"

장산호의 질문에 이혼은 지휘봉으로 바닥에 그림을 그렸다.

"두 개의 화차를 나란히 놓은 후 발사하면 탄환이 교차하는 지점은 이 부분에 불과하네. 그러나 화차를 서로를 바라보듯 비스듬히 배치하면 탄환이 교차하는 지점이 커지며 탄막이 만들어지네."

장산호가 이해했는지 고개를 끄덕였다.

"그럼 더 많은 적을 확실하게 살상할 수 있겠군요."

"그렇지. 화차는 조란환을 발사하는 화포처럼 산탄방식을 사용하는데 산탄이 겹치는 부분이 늘어나면 적을 격멸하는 게 가능하네."

"알겠습니다."

이혼은 병기참모 이장손을 불렀다.

"소룡포는 얼마나 제작했는가?"

"전주성에서 가져온 지자총통 20문을 소룡포로 개량을 하여 포병연대의 소룡포 재고를 현재 30문으로 늘리는 일에 성공했습니다."

고개를 끄덕인 이혼은 장산호에게 명했다.

"포병연대를 네 개로 나누게."

"보병연대처럼 말입니까?"

"맞네. 각 포대의 이름은 1포대, 2포대, 3포대, 그리고 지원화기대대로 이름을 지은 후 포대는 소룡포 10문을, 지원화기대대는 화차를 운용하도록 하게. 시간이 없으니 편제를 완성하는 즉시, 훈련에 들어가 적을 맞음에 있어 한 치의 틈조차 허락하지 말게."

"명심하겠습니다."

장산호는 바로 병기과가 만든 소룡포 20문을 인계받았다.

그리고 포병연대를 네 개로 나누어 각각의 포대가 소룡포 10문을 운영하도록 했으며 화차를 훈련하는 부대는 지원화기대대라는 이름으로 정식 창설하여 포병연대의 편제를 새롭게 구성하였다.

이혼은 이장손에게 물었다.

"용란의 재고는 어떠한가?"

"현재 300여 발을 제조했는데 곧 500발을 채울 계획입니다."

"용조(龍爪)와 용염(龍炎)의 재고는 넉넉한가?"

용조는 이혼이 만든 지뢰였다.

그리고 용염은 클레이모어를 흉내 낸 나무폭탄의 이름이었다.

"용조는 100개, 용염은 50개입니다."

"병기과(兵器課)는 용조와 용염을 공병대대(工兵大隊)에 보급하게."

"예, 저하."

이장손은 임시로 만든 병기과 소유의 공장에 돌아가 생산한 용조와 용염을 새로 창설한 본부연대의 공병대대 병사들에게 보급했다.

공병은 지뢰매설과 부교, 폭탄 등을 설치하는 부대였다.

이혼은 공병대대 대대장을 불러 용조와 용염의 매설장소를 지정해주었는데 모두 왜군이 노릴 만한 지점으로 요충지에 해당했다.

포병연대의 배치와 방책 건설이 거의 동시에 이루어졌다.

뒤이어 용조의 매설과 용염 설치가 끝나 방어준비가 모두 끝났다.

이제 남은 일은 왜군의 공격을 기다리는 거였다.

그 날 밤, 이혼은 정찰중대장 강문우를 불렀다.

"왜군은 언제 움직일 거 같은가?"

"황해도에 있는 3번대가 합류하면 움직일 듯합니다."

"숫자는 파악했는가?"

"현재 도성에 4번대 1만, 5번대 5천, 6번대 1만, 8번대 1만이 있는데 3번대 1만을 더하면 총 4만에서 5만에 이를 거라는 보고입니다."

이혼은 눈을 감으며 물었다.

"그대는 어찌 생각하는가? 해볼 만한 숫자라 생각하는가?"

강문우는 비장한 표정을 지었다.

"왜군이 몇 만이든 상관없습니다. 우리는 반드시 승리할 테니까요."

눈을 뜬 이혼은 강문우의 어깨를 가볍게 두드려주었다.

"기개가 마음에 드는군."

"신민이 모두 같은 생각일 겁니다."

"그래, 그래야겠지. 조선의 운명이 이번 회전(會戰)에 달려 있으니."

"예, 저하."

"정찰중대는 왜군의 동향을 면밀히 감시토록 하게."

"염려 마십시오. 정찰중대의 모든 장병이 목숨을 바칠 각오입니다."

강문우는 새벽이슬을 맞아가며 다시 행주산을 내려갔다.

현재 도성부터 행주산까지 수십 리 길에 정찰중대 병사수백이 백성, 승려, 심지어 왜군의 행색을 한 채 정보를 수집 중에 있었다.

그 날 밤, 사실상의 마지막 작전회의가 열렸다.

모두 무거운 표정이었다.

연대장 대부분은 이혼의 결정에 아직 동의하지 못했다.

아니, 세자가 아니라, 일반 장수였으면 반기를 들었을 것이다.

다른 장수들의 시선을 받은 1연대장 유경천이 대표로 입을 열었다.

"행주산성에서 결전을 치르자는 생각에는 변동 없으십니까?"

"없소."

단단히 마음을 먹었는지 유경천은 쉽게 물러서지 않았다.

"근위사단은 조선에 남은 가장 중요한 전력입니다. 만약, 전투에서 패한다면 충청도와 함경도가 다시 넘어갈 위험마저 있습니다."

이혼은 꿈쩍하지 않았다.

"우리는 반드시 승리할 것이오."

3연대장 고언백이 답답하다는 표정을 지었다.

"행주산성은 농성에 적합하지 않습니다."

"이유가 무엇이오?"

"우선 성이 너무 비좁습니다. 대군이 움직이기에는 무리입니다. 그리고 나무로 만든 임시 방책으로는 대군을 막아내지 못합니다."

"성이 비좁다는 말은 방어할 지점이 줄어든다는 말과 일맥상통하오. 우리보다 더 많은 병력을 동원할 게 분명한 왜군은 좁은 공간에 그 많은 병력을 일시에 투입하지 못할 테니 더 유리하오."

참모장 한극함 역시 걱정스러운 표정을 지우지 못했다.

"외성과 내성에 세운 임시 방책은 맹공에 얼마 버티지 못할 겁니다."

"맞소. 임시로 만든 방책은 얼마 버티지 못할 것이오."

"하오시면 다른 대책이?"

이혼은 제장을 둘러보며 물었다.

"이 중에 철옹성(鐵甕城)의 의미를 아는 사람 있소?"

이원익이 대답했다.

"성이 마치 쇠로 만든 항아리와 같아 뚫지 못하는 성이 아닙니까?"

"맞소. 행주산성이 철옹성이라면 왜군은 금세 포기할 거요. 그러나 금방 무너질 거처럼 보이면 왜군은 절대 물러서지 않을 것이오."

이혼의 생각을 가장 잘 아는 정탁이 물었다.

"방책이 무너지면 왜군이 점령에 미련을 가질 거라는 말씀입니까?"

"그렇소. 왜군은 피해를 입으면 입을수록 더 물러서지 않을 것이오. 눈앞에 점령당할 거처럼 위태로운 성이 있는데 아무리 냉정한 장수라도 조선의 세자가 있는 성을 쉽게 포기하진 못할 것이오."

말을 마친 이혼은 여러 장수들을 둘러보며 한 자 한 자 끊어 말했다.

"대신, 그 동안 우리가 버텨낼 수 있다는 확신이 있어야 하오."

정탁은 고개를 끄덕였다.

"계획대로 이루어진다면 한강 이북에는 왜군이 남아나질 않겠군요."

기병연대장 권응수가 고개를 저었다.

"계획은 계획일 뿐입니다. 왜군은 공성대신에, 행주산성을 포위한 채 충청도에 병력을 보내 충청사단을 격파하려 할지 모릅니다."

"권장군의 말에도 일리가 있소. 그러나 사람으로 치면 도성은 머리요. 그리고 이곳 행주산성은 목에 해당하는데 목에 들이민 비수를 무시할 만큼 강한 담력을 가진 사람은 없을 거라 생각을 하오."

회의는 그렇게 끝이 났다.

이제 죽으나, 사나 이곳 행주산성에서 결착을 봐야했다.

왜군이 만약 전투에서 패하면 도성과 경기도, 황해도를 잃을 것이다.

그리고 조선이 패하면 충청도와 함경도를 다시 빼앗길 게 자명했다.

그 말은 이혼이 이룩한 성과가 수포로 돌아간다는 말이었다.

또, 이번 전투가 전쟁의 분수령이라는 의미였다.

그날 밤, 잠을 이루지 못한 이혼은 처소를 나왔다.

사실, 처소라 할 게 없었다.

삼국시대 이후로 거의 버려져 있던 이곳의 산성에는 1만5천이 넘는 군의 대장, 아니 일국의 세자가 머무를만한 처소가 없었다.

그저 바람이나 피하도록 나무기둥에 천막을 두른 게 다였다.

무거운 갑옷을 벗어던진 이혼은 저고리에 용을 수놓은 검은색 철릭을 입은 채 어둠에 싸인 행주산성의 야경을 말없이 바라보았다.

행주산성 정상에는 원래 내성에 있었다.

그리고 능선을 경계로 다시 외성을 세워 두 개의 성벽이 존재했다.

그러나 지금은 무너진 석벽 몇 개가 다였다.

행주산성은 삼국시대에 세워져 백제는 교통의 요지로, 고구려와 신라는 중부의 교두보로 사용하기 위해 치열한 쟁탈전을 벌였다.

그런 행주산성이 고려와 조선에 이르러서는 빠르게 쇠락했다.

삼국시대에는 삼국의 경계를 이루는 곳이었지만 지금은 그저 도성 옆에 있는 작은 성에 불과해 수축하거나, 보수할 필요가 없었다.

행주산성에서 이혼은 조국의 운명을 결정지을 싸움을 하려하였다.

수백, 아니 천여 년 가까이 평화로웠을 이곳 행주산은 며칠 후면 사람의 비명과 그들이 흘리는 피로 다시 한 번 붉게 물들 것이다.

4월에 시작한 전쟁은 벌써 6개월이 지나 가을에 접어들었다.

더위가 가신 건 환영할 일이었다.

더운 여름에 속옷과 저고리, 그리고 철릭에 두정갑마저 착용하면 몇 걸음 걷지 않아서 몸이 땀으로 흠뻑 젖어 머리가 핑핑 돌았다.

영변을 출발해, 회령, 함흥, 그리고 다시 평양을 거쳐 청주로 오는 동안, 이혼은 자연이 만들어내는 극한의 현상을 모두 경험했다.

극한의 더위와 홍수, 장마, 그리고 무서운 태풍까지.

아등바등하는 인간에게 벌을 내리듯 자연은 혹독한 시련을 안겼다.

그렇다고 자연이 마냥 혹독하지는 않았다.

자연의 섭리(攝理)에 따라 여름을 지나니 가을이 찾아왔다.

아침에 태양이 뜨면 저녁에 해가 지는 걸 모두 아는 거처럼 여름이 지나니 시원한 가을이 찾아와 여름의 고생을 잊게 해주었다.

그러나 산 속의 가을은 그리 시원하지 않았다.

오히려 추웠다.

허준이 슬며시 다가와 철릭을 입은 이혼에게 외투를 입혀주었다.

"이제 날씨가 제법 춥사옵니다. 고뿔들기 전에 안으로 들어가시지요."

이혼은 말없이 밤하늘을 올려다보았다.

검은 하늘을 점점이 수놓은 수많은 별이 말없이 그를 내려다보았다.

"이렇게 서서 하늘을 본 기억이 언제인지……."

허준 역시 고개를 들어 밤하늘을 보았다.

은하수의 별이 쏟아질 거처럼 두 사람의 머리 위에 가득 떠있었다.

"저 역시 오래만입니다."

이혼은 고개를 돌려 허준을 보았다.

"부족한 나를 보살피느라 그 동안 고생이 많았소."

"어인 말씀이십니까?"

"나와 조선, 그리고 백성의 운명이 요 며칠 내로 결정이 된다는 생각을 하니 한없이 두려워지는 게 사실이오. 어의는 그렇지 않소?"

허준은 중얼거리듯 나직이 되뇌었다.

"이럴 때 필요한 말은 하나인 거 같습니다."

"그게 무엇이오?"

"진인사대천명(盡人事待天命). 사람의 도리는 다했으니 이제 모든 건 하늘의 뜻에 달려 있지요. 그리고 신은 하늘이 우리 백성의 간절한 소망을 외면하지 않을 거라 생각합니다. 아니, 확신합니다."

수많은 별 중에서 왕처럼 군림하는 달을 바라보며 이혼은 생각했다.

'운명은 하늘이 만드는 게 아니라, 인간이 만드는 것이다.'

이혼은 옷깃을 여미며 돌아섰다.

"밤공기가 차군. 들어갑시다."

이혼은 나무로 만든 침상에 누워 눈을 감았다.

딱딱한 나무와 지면에서 올라오는 차가운 기운이 그를 괴롭혔다.

간신히 잠이 들었을 무렵.

누군가 부르는 소리에 선잠에서 깨어났다.

"저하, 정찰중대장이 찾아왔습니다."

익위사 기영도의 말에 이혼은 벌떡 일어나 물었다.

"왜군이 움직였는가?"

그 말에 강문우가 들어와 대답했다.

"예, 저하. 왜군 4만이 도성을 출발해 행주산으로 오는 중입니다."

이혼은 기영도의 도움으로 두정갑을 착용하며 명했다.

"각 연대장은 각자 맡은 위치에서 병력과 대기토록 하라!"

"예!"

명을 받은 본부연대 통신과의 전령 10여 명이 부리나케 움직였다.

기마가 가능한 장소는 기마를 이용해서, 그리고 도보가 필요한 장소는 뛰어서 이동했는데 전령은 보통 두 명이 한 조를 이루었다.

전령이 실패하면 본부와 연대의 통신이 끊기는 상황이 발생해 최소 두 명이 한 조를 이루어 최대한 안전한 방법으로 통신했다.

연대장들은 교대로 잠을 자는 병력을 서둘러 깨웠다.

"왜적이 코앞에 당도했다! 모든 병사는 자기 위치로 속히 이동하라!"

병사들은 동이 막 트기 시작한 산길을 달려 맡은 위치로 뛰어갔다.

차가운 이슬을 맞아가며 참호에 도착하는 순간.

왜군의 기치 수십, 수백 개가 온 산하를 뒤덮으며 모습을 드러냈다.

병사들은 숨을 죽인 채 왜군의 이동을 지켜보았다.

물결치듯 움직이던 왜군의 기치가 어느 순간, 움직임을 모두 멈췄다.

그리고 바로 자리에 진채를 내리는지 행주산 북쪽에 넓게 펼쳐져 있는 언덕과 평지에 각양각색의 천막이 가득 메우기 시작했다.

수천 개가 넘을 거 같은 왜군의 군막(軍幕)은 장관이었다.

그 모습에 압도당한 병사들이 침을 연신 삼키거나, 심호흡을 하였다.

이혼 역시 압도당하기는 마찬가지였다.

시마즈 요시히로, 고바야카와 다카카게, 구로다 나가마사, 우키타 히데이에 등 이름을 들어본 왜군 장수들의 군기가 눈에 들어왔다.

작은 행주산에 4, 5만의 병력이 집결하니 빠져나갈 공간이 없었다.

이혼은 겁을 먹었다.

수차례의 전투를 경험, 아니 지휘한 그 역시 저런 대군에게 포위를 당하니 손발이 사시나무처럼 떨리며 자꾸 입에 침이 말랐다.

그러나 행주산성은 그가 선택한 전장이었다.

장수들은 수원의 독성산성을 원했지만 그가 고집을 부려 성벽조차 제대로 갖추지 못한 이곳 행주산성을 새 전장으로 결정했다.

만약, 이번 전투에서 승리한다면 이혼의 위치는 더욱 굳건해진다.

그리고 패배한다면 지금까지 쌓아온 신뢰를 잃어버릴 것이다.

그와 선조와의 관계, 그리고 다른 왕자들과의 관계를 생각해볼 때 여기서 장수들의 신뢰를 잃는다면, 전쟁 이후가 더 문제였다.

이혼은 입술을 잘근 깨물었다.

'여기서 약한 모습을 보이면 장수와 병사들이 동요한다.'

이혼은 주먹을 움켜쥔 채 왜군을 노려보았다.

더 이상 물러날 데가 없었다.

그리고 물러날 생각 역시 없었다.

죽으나, 사나 행주산성에서 결착을 지어야했다.

이혼은 바로 통신참모를 불렀다.

"용조가 폭발하면 각 연대에 공격명령을 내려라."

"예, 저하."

해가 완전히 떠서 밤사이 내린 이슬이 말라갈 무렵.

파란색에 흰색 꽃무늬 그림이 있는 군기가 산 능선으로 올라왔다.

'구로다 나가마사구나.'

구로다 나가마사는 구로다 간베에로 유명한 구로다 요시타카의 아들이었는데 아버지 간베에가 도요토미 히데요시의 책사를 맡으며 승승장구한 덕분에 부자는 큐슈 부젠에 18만석의 영지를 얻었다.

구로다 간베에는 지금의 히데요시를 있게 한 장본인이었다.

오다 노부나가에게 모리가문을 공략하라는 명을 받은 도요토미 히데요시는 주코쿠지방으로 나아가 모리가문의 여러 성을 공격했다.

한데 공격와중에 급보가 하나 전해졌다.

주코쿠로 도요토미 히데요시를 지원 올 예정이던 오다 노부나가가 혼노지에서 심복 아케치 미쓰히데에게 죽었다는 전언이었다.

당시 오다 노부나가의 주요 중신은 다섯 명이었다.

먼저 오다 노부나가의 부친 오다 노부히데의 중신이며 오다 노부나가의 동생 오다 노부유키를 지지하던 시바타 가쓰이에가 있었다.

오다 노부나가는 동생 노부유키를 지지하던 시바타 가쓰이에를 용서한 후 자기 중신으로 받아들여 여러 전투에서 중임을 맡겼다.

그리고 두 번째는 니와 나가히데.

세 번째는 타키가와 가즈마스.

네 번째는 아케치 미쓰히데.

마지막은 바로 도요토미, 당시에는 하시바를 사용하던 히데요시였다.

이마가와 요시모토, 다케다 신겐의 교토 상경을 연이어 저지한 오다 노부나가는 어렸을 때부터 친분을 나누어온 도쿠가와 이에야스와 동맹을 더 강화한 후 마침내 천하통일의 대업에 착수했다.

먼저 시코쿠의 쵸소카베 모토치카를 치기 위해 니와 니가히데를 시코쿠로, 호쿠리쿠를 점령하기 위해 필두가신이었던 시바타 가쓰이에를 우에스기가문이 지배하는 에치고방면으로 각각 보냈다.

또 다른 중신 타키가와 가즈마스는 코즈케방면에 보내 에치고의 우에스기가문을 남쪽과 서쪽 양면에서 빠르게 압박하도록 하였다.

그리고 하시바 히데요시를 모리가문이 지배하는 주코쿠방면으로 보내 동서 양쪽에서 맹렬한 기세로 영지를 늘려가기 시작했다.

오다 노부나가를 막을 만한 영주가 없어 통일은 기정사실이었다.

다만, 시간이 문제였을 뿐이었다.

그러나 주코쿠의 모리가문은 역량이 만만치 않아 하시바 히데요시 혼자서는 공략이 힘들어 긴키에 있는 오다에게 구원을 청했다.

이에 오다 노부나가는 유일하게 남아있던 중신 아케치 미쓰히데에게 하시바 히데요시를 도와 주코쿠를 경략하라는 지시를 내렸다.

한데 오다 노부나가와 아케치 미쓰히데는 당시 도쿠가와 이에야스를 접대하는 문제 등으로 인해 서로 오해가 쌓여 있는 상태였다.

그런 상태에서 그보다 가신 내에서 지위가 떨어지는 하시바 히데요시를 도우라는 오다 노부나가의 명을 잘못 이해한 아케치 미쓰히데는 혼노지에 머무르던 노부나가를 급습, 자결하게 만들었다.

오다 노부나가가 자결하는 바람에 아케치 미쓰히데를 제외한 나머지 네 명의 중신에게는 노부나가의 유산을 차지할 기회가 생겼다.

그리고 유산은 배신자를 처단하는 자에게 돌아갈 가능성이 높았다.

이제 반란을 일으켜 주군 오다 노부나가를 죽인 아케치 미쓰히데를 누가 먼저 제거하는가에 달렸는데 하시바 히데요시는 강력한 모리가문의 군대를 상대하는 중이어서 몸을 뺄 여력이 없었다.

이때, 하시바 히데요시의 책사이던 구로다 간베에가 나섰다.

간베에는 모리가문의 책사 안코쿠지 에케이 등과 협상해 히데요시와 모리가문이 화친하도록 한 후 긴키로 돌아가 우왕좌왕하던 아케치 미쓰히데 군대를 무찌르며 유리한 고지 선점에 성공했다.

이후 히데요시는 오다가문의 필두 가신이었던 시바타 가쓰이에를 시즈카다케전투에서 쓰러트렸으며 다른 중신 니와 나가히데와 타키가와 가즈마스를 굴복하게 만들어 결국 유산을 독차지했다.

히데요시는 결국 성을 도요토미로 교체한 후 주코쿠, 시코쿠, 큐슈, 오다와라 등 나머지 지역을 모두 정벌해 왜국 천하를 통일했다.

구로다 간베에는 히데요시의 책사로 히데요시가 천하를 통일하는데 혁혁한 공을 세웠으나 오히려 그 뛰어난 능력이 히데요시의 의심을 사서 히데요시와의 사이는 예전과 같이 돈독하지 못했다.

어쨌든 이 구로다 나가마사는 그 간베에의 아들이었다.

뿌우우우!

소라고둥소리가 웅장하게 울려 퍼진 후.

구로다 나가마사의 3번대 1만 병력이 능선 안으로 돌격해 들어왔다.

4장. 행주회전(幸州會戰)

光海綸

## 4장. 행주회전(幸州會戰)

행주산성이 좁아 1만 병력이 한곳을 공격하지 못했다.

구로다 나가마사는 3번대 1만 병력 중 3천을 왼쪽 능선 안으로, 그리고 2천을 오른쪽 능선 안으로 보내 두 곳을 동시에 노렸다.

삼지창으로 생긴 능선의 안쪽 두 군데를 동시에 노리는 수법이다.

왜국말로 타케타바라 불리는 대나무방패를 조금씩 밀며 접근해온 왜군은 대나무방패 위에 조총을 거치하더니 이내 조총을 쏘았다.

탕탕탕!

수백 발의 총성이 울리며 화약 연기가 구름을 이루었다.

그리고 뒤이어 조선군이 만든 방책에 탄환이 박히며 파편이 튀었다.

조선군 병사들은 깊이 판 참호에 들어가 머리를 숙였다.

방책을 뚫은 탄환이 참호에 쌓은 모래자루에 박히며 흙이 비산했다.

병사들은 투구를 쓴 채 조총의 총성이 그치길 기다렸다.

잠시 후, 조총의 총성이 간헐적으로 울리더니 발자국소리가 들렸다.

마침내 왜군 보병부대가 방책을 향해 진격을 시작했다.

가운데 능선을 지키는 1연대의 유경천은 같은 명을 계속 내렸다.

"머리를 들지 마라!"

그의 명이 제대로 통했는지 능선을 따라 판 참호에는 1연대 병력 2천이 있었지만 머리를 들어 왜군을 보는 병사는 보이지 않았다.

그때였다.

쉬이익!

익숙한 파공음이 울리는 순간.

"화살이다!"

누군가가 외치기 무섭게 화살이 방책을 넘어 참호 위에 떨어졌다.

조총은 곡사가 힘들지만 활은 곡사가 가능하다.

솜씨 좋은 궁병이라면 방책의 높이를 계산해 하늘로 화살을 쏘았다.

"아아악!"

발목에 화살이 박힌 어린 병사가 비명을 질렀다.

급히 달려가 화살을 뽑은 유경천은 병사를 의무병에게 인계했다.

"어서 데려가 치료해라!"

"예!"

부상병을 들쳐 업은 의무병은 바로 교통호를 따라 본부로 출발했다.

이혼은 군위관과 의무병제도를 도입해 부상병을 치료했다.

응급수술이나, 외과 치료에 필요한 의료기술이 부족해 많은 병사가 살지는 못하지만 없는 거보다는 나아 그 숫자를 계속 늘려갔다.

여기저기서 화살에 맞은 병사들이 신음을 토했다.

"방패로 우선 방어해라! 그리고 나머지 병력은 유개호로 대피해라!"

유경천의 지시에 병사들이 부산하게 움직였다.

방패를 꺼내는 병사들 뒤로, 유개호로 피하는 조총부대가 보였다.

유개호는 지붕을 씌운 참호였다.

그 사이, 방패 뒤에 숨어 적진을 살펴보던 유경천은 침을 삼켰다.

왜군 보병부대가 마침내 방책 앞에 거의 도달해 있었다.

수천에 이르는 왜군을 막기에는 급조한 방책이 너무 허술해보였다.

왜군 일부가 마침내 방책에 달라붙어 칼질을 하기 시작했다.

창을 든 왜군이 방책의 칡덩굴을 자르기 위해 달려드는 순간.

툭!

왜군 하나가 나뭇잎으로 위장해놓은 용조를 밟았다.

용조는 신관을 대나무로 지탱해주는데 힘을 주어 밟으면 지탱하던 대나무가 부서지며 부싯돌이 내려와 부시를 긁는 방식이었다.

그러면 부시에서 발생한 불꽃이 주위에 있는 뇌홍에 불을 붙였다.

그리고 그 불은 다시 용조에 든 작약을 터트렸다.

펑펑펑!

흙이 위로 치솟으며 용조가 폭발했다.

재래식 지뢰로 제작한 용조는 안에 쇠구슬이 있어 밟은 사람과 함께 근방 1, 2미터에 있는 다른 왜군을 죽이거나,

부상을 입혔다.

가운데 능선 여기저기서 용조가 폭발하며 왜군이 비명이 질렀다.

구로다 나가마사의 3번대는 용조로 인해 적지 않은 피해를 입었다.

그러나 용조의 구조에 대해 파악한 왜군은 물러서지 않았다.

용조가 한 번 폭발한 곳은 안전하다는 사실을 왜군이 알아챈 것이다.

구로다 나가마사는 병력을 그 곳에 집중해 방책을 뚫었다.

나무에 칡덩굴을 엮어 만든 방책은 곧 쿵 소리를 내며 넘어갔다.

이는 둑이 무너진 상황과 같았다.

무너진 방책을 타넘은 왜군 수천 명이 능선을 기어오르기 시작했다.

정상에서 이 모습을 지켜보던 이혼은 고개를 돌렸다.

긴장한 모습의 참모장 한극함과 작전참모 정탁, 군율참모 이원익, 그리고 군의관 허준, 익위사 기영도, 부관 정말수 등이 보였다.

며칠 전, 적이 엄폐할 가능성이 있는 능선의 나무를 모두 베어냈다.

그 바람에 벌거숭이로 변한 능선에는 왜군 수천 명이 달라붙어 있었는데 왜군의 하타지루시와 사시모노가 파도처럼 밀려올라왔다.

하타지루시는 큰 깃발, 사시모노는 작은 깃발이다.

'하타지루시가 능선에 있다는 말은 구로다가 직접 나선 모양이구나.'

그가 알기로 구로다 나가마사는 선두에 서기를 좋아했다.

물론, 구로다 간베에의 능력을 물려받아 지략이 전혀 없지는 않지만 뒤에서 부대를 지휘하거나, 술책을 꾸미는 성격은 아니었다.

왜군은 지상에 있던 대나무방패를 능선으로 끌어올렸다.

그리고 그 뒤에서 조총병이 조총을 쏘아 조선군 참호를 공격했다.

이제 왜군과 참호와의 거리는 3, 40미터에 불과했다.

능선이 가파르지 않아 1, 2분이면 충분히 도착할 거리였다.

그야말로 코앞이었다.

만약, 행주산성이 성벽을 제대로 갖추었다면 이렇게 쉽게 1차 방어선이 돌파당하지 않았을 테지만 성벽을 새로 만들 시간이 없었다.

참다못한 이원익이 이혼 옆으로 다가왔다.

"이제 부대에 반격하라는 신호를 보내시지요."

이혼은 고개를 저었다.

"적을 더 끌어들여야하오."

그 사이, 왜군은 대나무방패를 위로 밀며 거리를 빠르게 좁혀왔다.

화살과 조총 탄환을 막아주던 참호의 모래주머니가 무너졌다.

뒤이어 대나무방패 뒤에서 나온 왜군 보병부대가 참호로 돌격했다.

장창의 날이 햇빛을 반사해 고기비늘처럼 반짝인다.

마치 은어 수백 마리가 동시에 튀어 오른 거처럼 아주 장관이다.

그러나 이혼의 감상은 오래가지 않았다.

그 은어가 괴물로 변해 조선군 병사들을 덮쳐온 것이다.

"용염을 터트리시오!"

"예!"

참모장 한극함은 바로 통신참모에게 손을 흔들었다.

그리고 신호를 본 통신참모는 붉은색 깃발을 흔들었다.

정상의 신호를 기다리던 각 연대의 전령들이 그 사실을 전파했다.

"반격하라는 전갈입니다!"

유경천 역시 전령의 보고를 받았다.

"저하는 역시 전투를 치르는 감각이 뛰어나시군."

고개를 끄덕인 유경천은 벌떡 일어나 우렁찬 목소리로 명을 내렸다.

"지금이다! 죽폭을 던져라!"

유경천의 명에 투척병이 일어나 불을 붙인 죽폭을 던졌다.

참호에 도달한 왜군은 머리 위를 지나가는 죽폭에 시선을 빼앗겼다.

죽폭이 능선 여기저기에 떨어지며 불꽃을 피워 올렸다.

심지를 짧게 자른 죽폭은 폭발과 동시에 근처의 용염을 터트렸다.

용염은 재래식 클레이모어였다.

안에 작약과 뇌홍, 그리고 쇠구슬이 들어 있어 폭발하는 순간.

콰콰쾅!

근처 3, 4미터에 있는 왜군은 모두 피를 흘리며 나뒹굴었다.

즉사를 피한 왜군은 쇠구슬 파편이 몸에 박혀 전열에서 이탈했다.

죽폭은 던지는 무기여서 소형화가 필수였다.

무거우면 던지기 힘든 것이다.

그래서 화력은 제한적일 수밖에 없는데 용염이 이를 도와주었다.

죽폭이 터지며 용염을 격발시켜 화력을 높였다.

용염은 참호를 따라 능선 전 구간에서 거의 동시에 폭발했다.

햇볕을 받아 반짝이던 은어들이 흙과 돌의 파편에 휩쓸려 사라졌다.

이번 공격으로 병기과가 밤을 새워가며 제조한 용염을 소진했다.

그 대신, 왜군 선봉에 궤멸에 가까운 타격을 입혔다.

왜군 전사자가 수십 명을 상회했다.

그리고 부상자는 그 몇 배에 이르렀다.

구로다 나가마사를 비롯한 왜군 수뇌부는 당황했다.

용조와 용염에 이렇게 큰 피해를 입을 줄은 전혀 예상하지 못했다.

그들보다 더 놀란 사람은 당연히 3번대 병력이었다.

눈앞에서 폭발이 일어나 동료들이 쓰러지는 모습을 목도한 왜군은 본능적으로 능선 밑으로 후퇴하며 조선군 참호에서 이탈했다.

이 모습에 자존심을 구긴 구로다 나가마사가 가신을 보냈다.

회전에 참여한 10여 명의 영주 중 그보다 명성이 높거나, 영지가 많은 영주가 몇 명 있었는데 그가 고집을 부려 선봉을 자원했다.

조선 침략의 선봉은 고니시 유키나카와 가토 기요마사가 맡았다.

반면, 3번대로 상륙한 그는 고니시군과 가토군의 뒤처리 담당이나 마찬가지여서 실력 발휘할 기회가 없었는데 마침내 기회가 왔다.

더구나 이번 회전은 왜군의 총사령관 우키타 히데이에와 군감(軍監)으로 참전한 아버지 구로다 간베에가 지켜보는 싸움이었다.

북쪽에 있는 군막 어딘가에 아버지 간베에가 있었다.

한데 아버지가 지켜보는 앞에서 패배할 수는 없었다.

설령, 목숨을 잃는 한이 있어도 이번 전투에서 반드시 승리해야했다.

그게 그와 아버지의 체면을 살리는 길이었다.

구로다 나가마사의 심정을 가신들이 누구보다 잘 알았다.

칼을 뽑아든 가신들은 퇴각하는 왜군을 그 자리에서 목을 베었다.

그들의 손속에는 사정이 없었다.

그 모습에 겁을 먹은 왜군은 창을 위로 향한 채 참호로 돌격했다.

왜군은 용염이 만든 폐허를 지나 참호 바로 앞에 도달했다.

이제 그들이 자랑하는 장창을 휘두르면 조선군은 속수무책일 것이다.

심지어 조선군은 두더지처럼 땅을 파서 그 안에 옹기종기 모여 앉아있었는데 공간이 협소해 왜군의 장창을 막아낼 방법이 없었다.

이는 함정에 빠진 멧돼지를 사냥하는 일과 다르지 않았다.

왜군의 얼굴에 두려움 대신, 미소가 깃들기 시작했다.

이런 바보 같은 조선군이라면 전혀 두렵지 않았다.

마치 독 안에 스스로 걸어 들어간 들쥐와 같지 않은가.

왜군 하나가 장창에 힘을 주어 참호 안의 병사에게 찌르려는 순간.

갑자기 조선군 장수가 일어나더니 조선말로 소리를 질렀다.

그리고 그와 동시에 처음 보는 무기가 풀숲에서 튀어나왔다.

바로 조선군의 신무기, 화차였다.

유경천은 풀로 위장해두었던 화차를 꺼내 명을 내렸다.

"쏴라!"

명이 떨어진 즉시, 포수 하나가 장전봉으로 화차 심지에 불을 붙였다.

치익!

염초에 절인 심지가 타는 순간.

펑!

화차의 승자총통 하나가 연기를 피워 올렸다.

승자총통 안에는 열다섯 개의 철환이 있어 산탄총의 효과를 내었다.

"으악!"

가까이 있던 왜군 두 명이 철환에 맞아 굴러 떨어졌다.

그러나 이건 시작에 불과했다.

불이 붙은 심지는 쉴 새 없이 타들어갔다.

곧 옆에 있는 승자총통에 불이 붙어 두 번째 총성이 강하게 울렸다.

화차에는 마흔 개의 승자총통이 있었다.

제작방식은 승자총통 열 개를 한 줄로 쌓아서 네 줄로 만들었다.

그리고 승자총통에는 작은 쇠구슬 모양의 철환 15개가 들어갔다.

발사방법은 간단하다.

긴 심지 하나를 마흔 개의 승자총통에 차례대로 연결한 후 불을 붙이면 심지가 타는 동안, 마흔 개의 총이 순서대로 발사되었다.

이제 두 발, 서른 개의 철환을 쏘았을 뿐이다.

아직 서른여덟 개의 총과 570발의 철환이 발사대기 중에 있었다.

펑펑펑!

심지가 타며 총성이 같은 간격으로 계속 울렸다.

그리고 그럴 때마다 왜군이 피를 뿌리며 쓰러졌다.

더구나 화차는 하나가 아니었다.

이혼이 알려준 대로 교차사격을 하여 그 일대 왜군을 초토화시켰다.

화차의 위력을 확인한 유경천은 얼굴에 화색을 띠었다.

"화차를 총동원해 집중 사격을 가하라!"

잠시 후, 능선 안에 매복해둔 화차 여덟 대가 동시에 위장을 풀었다.

먼저 선을 보인 두 대를 더해서 총 열 대로 1연대를 지원하기로 한 포병연대 지원화기대대의 1중대가 보유한 화차의 전부였다.

지원화기대대의 소속은 포병연대지만 지금처럼 연대를 지원할 경우에는 보병연대 연대장의 명령을 따르도록 편제가 짜여 있었다.

뒤늦게 모습을 드러낸 여덟 대의 화차가 동시에 발사를 시작했다.

파파파파팟!

한 번에 여덟 발, 탄환으로는 120발이 교차해 날아갔다.

"크아아악!"

능선을 기어오르던 왜군 수십 명이 화차의 탄막에 휩쓸렸다.

초탄을 시작으로 마지막 마흔 번째 탄환 발사를 모두 마쳤을 무렵.

능선 위에는 제대로 서있는 왜군을 찾아보기 힘들었다.

엄청난 광경에 왜군은 크게 동요했다.

아니, 멀리서 지켜보던 우키타 히데이에, 구로다 간베에를 비롯한 모든 왜장이 자리에서 벌떡 일어나 믿을 수 없다는 표정을 지었다.

그러니 구로다 나가마사의 심정이야 두 말하면 입이 아플 지경이다.

큐슈에서 선발해 데려온 가신과 부하들이 피를 뿜으며 쓰러졌다.

능선 여기저기서 비명과 신음소리가 쉴 새 없이 들려왔다.

구로다 나가마사는 두려움보다 분노를 먼저 느꼈다.

말에서 뛰어내린 구로다 나가마사는 나머지 병력을 전부 동원했다.

"모두 나를 따르라!"

소리친 구로다 나가마사는 말리는 가신들을 뿌리친 채

직접 능선을 오르기 시작했다. 그 옆을 근위시동과 하타모토, 그리고 가신 수백 명이 에워싸며 같이 오르니 기세가 다시 오르기 시작했다.

유경천은 급히 명을 내렸다.

"지원화기대대는 후퇴하여 다시 장전하라!"

명이 떨어진 직후, 화차부대는 정상에 있는 본대로 퇴각했다.

화차부대의 퇴각을 확인한 유경천은 배에 힘을 잔뜩 주었다.

"이제 우리 차례다! 먼저 죽폭을 던져라!"

유경천의 목소리가 메아리로 변해 참호 전역에 울려 퍼졌다.

잠시 후, 불이 붙은 죽폭이 능선으로 날아가 폭발했다.

"조총부대 사격!"

이어진 명에 장전한 채 기다리던 1연대 포수들이 조총을 모래주머니 사이에 거치한 후 능선을 기어오르는 왜군 저격에 들어갔다.

탕탕탕!

조총의 총성이 어지럽게 울린 후.

기어오르던 왜군 수십 명이 굴러 떨어졌다.

"사수는 앞으로 나와 왜군을 막아라!"

명을 받은 1연대 사수들이 일어나 화살을 쏘았다.

장전(長箭)부터 편전까지 수십, 수백발의 화살이 빗발치듯 날아갔다.

화살세례를 받은 왜군 일부가 허물어지며 큰 피해를 입었다.

왜군 역시 참호 앞까지 대나무방패를 가져와 그 뒤에서 반격했다.

탕탕탕!

조총의 탄환과 화살이 교차하며 사방으로 날았다.

"으악!"

왜군의 탄환에 맞은 사수 몇 명이 피를 뿜으며 쓰러졌다.

총성이 뜸해질 무렵.

함성을 지른 왜군이 참호 안으로 뛰어 들어왔다.

칼을 뽑은 유경천은 참호에 들어온 왜군을 베어가며 명을 내렸다.

"쳐라!"

그 명을 시작으로 피가 튀는 백병전이 벌어졌다.

캉!

방패를 휘둘러 왜군의 장창을 막은 유경천은 칼을 옆으로 휘둘렀다.

다리가 잘린 왜군이 비명을 지르며 떨어졌다.

칼을 내리쳐 숨통을 마저 끊은 유경천은 참호 위로 뛰어 올라갔다.

전선 전체에 백병전이 벌어지는 중이었다.

"사수와 포수는 두 번째 참호로 올라가 올라오는 왜군을 저격하라!"

"예!"

그 즉시, 사수와 포수가 참호에서 나와 두 번째 참호로 퇴각했다.

유경천은 그 사이 살수부대를 지휘해 왜군의 맹공을 견뎠다.

잠시 후, 두 번째 참호에서 자리를 잡은 사수가 활을 쏘기 시작했다.

높이가 있어 화살이 아군의 머리 위를 지나 왜군에 떨어졌다.

포수 역시 자리를 잡았는지 사수를 도와 왜군을 저격했다.

사실, 저격은 힘들었다.

흑색화약은 연기가 많이 나서 초탄을 발사하면 시야가 온통 가렸다.

그래서 왜군이 있을 법한 장소에 탄환을 계속 쏟아 부었다.

유경천은 자기를 베어오던 왜군이 화살에 맞아 쓰러지는 모습을 보며 옆으로 달려가 부하를 공격하던 왜군의 등을 칼로 찍었다.

무릎을 꿇은 왜군의 머리를 잡아 목을 벤 유경천이 외쳤
다.

"죽폭을 던져라!"

투척병들이 남은 죽폭에 불을 붙여 능선 밑으로 굴렸다.

콰콰쾅!

올라오는 왜군 수십 명이 죽폭의 폭발에 휘말려 쓰러졌
다.

한편, 정상에서 1연대와 왜군 3번대의 대결을 초조히 지
켜보던 이혼은 점령당하는 참호가 늘어남에 따라, 국경인
에게 명을 내렸다.

"5연대는 지금 당장 1연대를 지원하라!"

"예, 저하."

군례를 취한 국경인은 투구를 덮어 쓰며 칼을 뽑았다.

"5연대는 나를 따르라!"

"와아아!"

함성을 지른 5연대 병사들은 정상과 가운데 능선 사이
에 파놓은 교통호를 따라 쳐내려가 고전하는 1연대를 지원
하기 시작했다.

죽폭이 먼저 날아간 후 조총의 탄환과 화살이 떨어졌다.

거기에 살수부대마저 합류하니 왜군은 참호에서 일단
후퇴하였다.

그러나 왜군 역시 쉽게 물러서지 않았다.

이미 엄청난 피해를 본 마당에 성과가 전혀 없이 물러설 경우, 왜군 전체의 사기에 영향을 미칠뿐더러, 자존심에 상처를 입었다.

구로다 나가마사가 직접 지휘하며 부하들을 몰아붙였다.

공방은 정오를 지나 오후까지 지속되었다.

능선에는 왜군 시신이 산처럼 쌓여 피가 흙을 붉게 물들었다.

양측의 살상비율(殺傷比率)은 조선군이 압도적으로 유리했다.

왜군은 능선을 오르는 동안, 용조, 용염, 화차에 연속으로 당한데다 위로 올라가며 공격하는 고지전을 펼쳐야해서 피해가 막심했다.

그러나 체력에서는 왜군이 앞섰다.

뒤늦게 투입한 5연대 병력마저 체력이 떨어져 모두 지친 기색이었던 반면, 순차적으로 병력을 투입한 왜군은 체력에서 앞섰다.

피처럼 붉은 저녁노을이 행주산의 가운데 능선을 비출 무렵.

피곤에 지친 얼굴로 유경천이 국경인에게 물었다.

"이제 퇴각하는 게 어떤가?"

"같은 생각입니다."

지친 병사들은 입에서 단내가 날 만큼 헌신적으로 싸웠으나 점차 왜군의 손쉬운 먹잇감으로 전락해 죽거나, 다치는 이가 늘었다.

1연대와 5연대 병사들은 죽폭을 던져 왜군의 진격속도를 멈춘 후 포수, 사수, 그리고 살수 순으로 퇴각해 두 번째 참호로 향했다.

두 번째 참호는 정상으로 가는 마지막 관문으로 여기가 뚫리면 본부연대가 왜군의 사정거리 안에 들어가 반드시 막아내야 했다.

세자가 잡히거나, 죽어버리면 이겨도 패한 전투다.

왜군은 한나절 동안 첫 번째 참호를 공격해 마침내 손에 넣었다.

구로다 나가마사는 첫 번째 참호에 들어가 방어준비를 지휘했다.

날이 저문 만큼, 오늘 밤은 참호에서 지내야했다.

왜군은 참호를 직접 공격하지 못하게 대나무방패를 위에 세웠다.

두 번째 참호에 도착한 유경천은 본부대대장을 불렀다.

"준비는 마쳤는가?"

"예, 장군."

"그럼 바로 시작하지. 놈들에게 불지옥을 선사해주자!"

유경천의 명에 본부대대 병사들이 나무통을 가져와 밑으로 굴렸다.

　나무통은 뚜껑이 헐거워 굴러가는 동안, 기름을 사방에 뿌렸는데 왜군이 세운 대나무방패를 타넘어 참호 안으로 속속 떨어졌다.

　"쏴라!"

　유경천의 명에 팔 힘이 좋은 사수들이 화살촉에 기름을 적신 천을 감아 발사했는데 수십 발의 불화살이 어둠을 가르며 날아갔다.

　화르륵!

　불화살이 참호에 박히며 기름에 불을 붙였다.

　더구나 참호 안에는 조총부대가 사용하던 화약이 있었다.

　불이 화약을 태우는 바람에 불이 번지는 속도가 바람처럼 빨랐다.

　참호 전체에 불길이 일며 수 킬로미터 밖에서도 확인이 가능했다.

　마치 능선을 따라 불길이 흐르는 듯한 광경이다.

　구로다 나가마사 역시 불길을 피하지 못했다.

　기름이 튄 갑옷에 불이 붙는 바람에 급히 갑옷을 벗었다.

　원래 영주가 입는 갑옷은 화려하기 짝이 없었다.

그리고 화려하다는 말은 구조가 복잡해 착용하기 어렵다는 말과 상통했는데 착용할 때나, 벗을 때 모두 시동의 도움을 받았다.

구로다 나가마사는 시동의 도움을 받아 갑옷을 벗었으나 팔과 목에 화상을 크게 입어 입에서 고통스런 신음이 절로 터져 나왔다.

갑옷을 간신히 다 벗었을 때는 이미 혼절한 후였다.

구로다군의 가신들은 급히 구로다 나가마사를 들쳐 업은 후 능선을 내려가 본대로 도망쳤는데 그 뒤로 화광이 하늘로 충천했다.

이혼은 화광이 충천하는 모습을 보며 손으로 입을 막았다.

살과 머리카락이 타며 나는 냄새가 지독했다.

불길은 곧 꺼졌다.

불에 탈만한 재료가 없어 더 이상 번지지 않았던 것이다.

그 날 새벽, 두 번째 참호에 있던 1연대 병력이 밑으로 내려갔다.

왜군은 밤사이 화공을 당해 큰 피해를 입었는지 참호가 비어있었다.

미처 수습하지 못한 왜군의 시신 수백 구가 있을 뿐이었다.

병사들은 새카맣게 탄 시신을 참호 밖으로 던진 후 안을 청소했다.

그 사이, 포병은 밤사이 보수와 장전을 마친 화차를 배치했다.

화차의 위력을 모두 실감해 이젠 절대 없어서는 안 될 무기였다.

참호를 되찾은 1연대 병사들은 능선 여기저기서 들려오는 왜군의 신음소리를 들어가며 간신히 잠을 청해 쌓인 피로를 풀어냈다.

다음 날, 동이 트며 드러난 전경은 충격이었다.

천여구가 넘을 거 같은 왜군의 시신이 능선에 흩어져 있었다.

왜군이 참호를 점령했을 때 수습했음에도 여전히 시신이 많았다.

경험이 적은 병사들은 욕지기를 하거나, 두려움에 떨었다.

하루 동안 펼쳐진 공방전으로 왜군 3번대는 타격을 입었다.

구로다 나가마사는 5천의 병력으로 1연대가 지키는 가운데 능선을 공격했다가 그 자신마저 부상을 당하는 등, 병력을 많이 잃었다.

그리고 3번대의 부장을 맡은 오토모 요시무네는 자신이

데려온 병력 6천명으로 2연대가 지키는 왼쪽 능선을 공격했는데 구로다 나가마사보다는 덜하지만 그래도 상당한 피해를 입어 퇴각했다.

왼쪽 능선을 공격한 오토모군 6천 명은 용조와 용염, 그리고 화차에 연이은 피해를 입은 후 2연대, 3연대와 백병전을 벌여 패했다.

반면, 조선군은 이번 전투에서 수백 명의 사상자를 내는데 그쳤다.

교전비로 보면 압도적인 대승이었다.

대신, 그 동안 만든 용조와 용염, 그리고 죽폭을 거의 다소진했다.

이제 믿을 건 화차와 소룡포, 그리고 조금 남은 죽폭이 전부였다.

화살 역시 재고가 많이 줄어 시체에 박힌 화살을 재활용했다.

그 날 밤, 왜군 지휘부는 혼란 속에서 다음 공격을 준비했다.

다음 날 새벽, 두 개의 부대가 동시에 공격을 시작했다.

먼저 고바야카와 다카카게의 6번대는 왼쪽 능선을, 후쿠시마 마사노리의 5번대는 전라사단이 맡은 오른쪽 능선 방향을 공격해왔다.

전날 구로다 나가마사의 3번대가 무리한 공격을 펼쳤다

가 대패하는 모습을 본 두 왜장은 가신에게 선봉 3, 4백 명을 딸려 보냈다.

선봉을 맡은 가신은 능선의 방책으로 용감히 돌격했다.

그러나 방책에 이르기 직전.

펑!

방책 앞에 매설한 용조가 폭발하며 수십 명이 바닥을 굴렀다.

왜군을 지휘하던 가신 역시 용조의 쇠구슬이 온몸에 박혀 쓰러졌다.

출혈이 심해 피란 피는 다 빠져나왔는지 풀과 흙이 붉게 변했다.

살아남은 왜군은 급히 후퇴해 본대로 돌아갔다.

오른쪽 능선을 공격하던 후쿠시마 마사노리는 멀리서 이 광경을 지켜보았는데 충직한 가신의 죽음을 슬퍼하는 표정은 아니었다.

오히려 용조의 위치를 파악해 다행이라는 표정이었다.

조선군이 왜군 전술을 파악했듯 왜군 역시 조선군 전술을 파악했다.

물론, 그 대가로 수천을 희생했지만 효과는 있었다.

용조 위치를 파악한 후쿠시마 마사노리는 하치스카 이에마사를 보내 방책을 돌파하게 하였다. 하치스카 이에마사는 청주성에서 근위사단에 대패한 후 병력이 7천에서 그 반으로 줄어들어있었다.

하치스카 이에마사는 못마땅한 표정을 지었다.

그러나 어쨌든 5번대 주장은 그가 아니라, 후쿠시마 마사노리였다.

"돌격!"

말배를 찬 하치스카 이에마사는 병력을 방책으로 보냈다.

전황은 어제와 비슷한 상황으로 흘러갔다.

하치스카군은 조선군이 능선 외곽에 설치한 방책을 가볍게 부셨다.

"능선을 올라가 적을 쳐라!"

하치스카 이에마사의 명령에 왜군이 능선을 기어오르기 시작했다.

어제 구로다군은 가운데 능선을 오르던 중 용염에 큰 피해를 입었다.

초조한 표정의 하치스카 이에마사가 군선(軍扇)을 휘두르는 순간.

펑펑펑!

능선에 폭음이 일며 오르던 왜군이 굴러 떨어졌다.

어제와 마찬가지로 능선에 설치해둔 용염에 하치스카군이 당했다.

하치스카 이에마사는 고개를 획 돌려 후쿠시마군의 본대를 보았다.

그러나 퇴각하라는 신호는 없었다.

입술을 깨문 하치스카 이에마사는 병력을 계속 올려 보냈다.

다행히 용염은 그게 끝이었는지 참호로 가는 동안, 폭발은 없었다.

하치스카 이에마사는 병력을 독려해 참호로 돌격했다.

그 순간.

어제 보았던 그 가공할 무기가 참호 옆 풀숲에서 튀어나왔다.

하치스카 이에마사는 바로 퇴각을 명했다.

어제 구로다군이 저 가공할 무기에 얼마나 많은 피해를 입었던가.

그와 같은 꼴을 당하기 싫었던 하치스카 이에마사는 서둘러 퇴각했는데 조금 늦었는지 몸을 돌리던 선봉 일부가 화망에 휩쓸렸다.

파파파팟!

양쪽에서 날아든 수천 발의 탄환에 왜군은 맥없이 쓰러졌다.

바로 전라사단이 배속 받은 화차였다.

변이중이 급히 제작한 화차 서른 대를 세 개의 능선에 열 대씩 각각 나누어주어 전라사단 역시 열 대의 화차를 운용 중에 있었다.

큰 피해를 입은 하치스카 이에마사는 서둘러 물러섰다.

후쿠시마 마사노리는 하치스카 다음에 쵸소카베 모토치카를 보냈다.

화차의 장전에 시간이 걸린다는 사실을 알아낸 후쿠시마 마사노리는 화차를 장전하기 전에 후속부대를 보내 참호를 공격하였다.

흰 바탕에 세 개의 꽃무늬가 있는 군기가 능선 앞에 늘어섰는데 시코쿠의 영주 쵸소카베 모토치카가 지휘하는 3천 병력이었다.

한편, 오른쪽 능선에서 전라사단을 지휘하던 권율은 부장에게 물었다.

"용조는 얼마나 남았느냐?"

"방금 공격으로 모두 소진했습니다."

"그럼 용염은?"

"용염 역시 마찬가지입니다. 지금은 죽폭과 화차가 다입니다."

"화차는 재장전해라! 그리고 나머지 병력은 나의 신호를 기다려라!"

"예!"

대답한 부장은 전령을 1연대와 2연대에 보냈다.

권율이 지휘하는 전라사단 1연대와 2연대는 오른쪽에 뻗어 나온 능선의 구역을 나눠 방어 중이었는데 1연대는 앞, 2연대는 뒤였다.

좀 전 하치스카군은 1연대가 지키는 능선 앞에서 큰 피해를 입었다.

한데 지금 공격에 나선 쵸소카베군은 바깥으로 돌아 안을 공격했다.

바로 2연대가 지키는 능선이었다.

2연대장 김천일은 죽폭을 던져 저지한 후 화차를 보내 사격했다.

쵸소카베 모토치카는 하치스카 이에마사보다 노련했다.

화차에 공격당하기 무섭게 후퇴해 병력 대부분을 온전히 지켰다.

후쿠시마 마사노리는 기분이 나빴지만 드러내지 않았다.

출병 전에 내린 그의 지시는 어떻게든 참호를 돌파해 교두보를 마련하라는 명이었는데 쵸소카베 모토치카는 전혀 따르지 않았다.

쵸소카베 모토치카는 명성이 높아 가신처럼 다루지는 못했다.

그리고 영주를 책망해 사기를 떨어트리는 건 하수의 계책이었다.

다만, 마음속으로 칼을 갈며 불복한 대가를 치르게 할 생각이었다.

점심을 먹은 후쿠시마 마사노리는 군감의 방문을 받았다.

군감은 말 그대로 군을 감독하는 자리였다.

이는 도요토미 히데요시의 명을 휘하 영주들이 착실히 수행하는지 감시하기 위해 만든 벼슬로 그의 말이 곧 히데요시의 말이다.

현재 조선에 출병한 군의 군감은 구로다 간베에였다.

바로 어제 화상을 입어 치료 중인 구로다 나가마사의 아버지였다.

후쿠시마 마사노리는 간베에가 크게 화를 낼 줄 알았다.

아들이 그런 지경에 처했으니 불같이 화를 내는 게 당연했다.

한데 구로다 간베에는 냉정한 표정으로 히데이에의 명을 전했다.

오히려 화를 내는 사람은 간베에가 아니라, 우키타 히데이에였다.

도요토미 히데요시의 총애를 받아 어린 나이에 오대로에 올랐으며 지금은 조선에 출병한 왜군의 총대장을 맡은 그는 히데요시의 신임을 잃어버리는 게 두려운지 이번 공격에 전력을 쏟았다.

우키타 히데이에는 후쿠시마 마사노리에게 오늘 안으로 오른쪽 능성을 점령하지 못할 경우, 군법으로 다스리겠노라 엄포를 놓았다.

어차피 후쿠시마 마사노리 역시 계속 미적댈 생각은 전혀 없었다.

오전에 하치스카군과 쵸소카베군을 보낸 이유는 조선군이 두 부대에 화력을 집중하게 만들어 무기의 재고를 줄여보려는 작전이었다.

실제로 작전은 성공해 용조와 용염의 재고가 줄어든 게 분명했다.

이제 그가 신경써야할 무기는 화차 하나로 줄었다.

후쿠시마 마사노리는 하치스카 이에마사와 쵸소카베 모토치카를 불러 하치스카군은 능선 밖을, 쵸소카베군은 안을 치게 하였다.

그리고 그 자신은 그 사이를 치기 위해 병력을 준비했다.

마침내 왜군 5번대 전체가 공격에 나설 준비를 마친 것이다.

우키타 히데이에는 오늘 끝장을 볼 생각인지 5번대 뒤에 4번대에 속해 있는 시마즈 요시히로의 1만 병력을 배치해 지원하게 하였다.

5번대와 4번대를 합쳐 총 1만5천에 이르는 왜의 대군이 오른쪽 능선을 지키는 권율의 전라사단 4천을 공격할 준비를 마친 것이다.

뿌우우!

소라고둥소리가 울려 퍼지는 가운데.

가장 먼저 쵸소카베 모토치카가 능선 안으로 달려갔다.

그리고 그 뒤를 후쿠시마 마사노리의 부대가 따랐다.

마지막은 하치스카 이에마사의 부대였다.

하치스카 이에마사는 부대를 능선 끝으로 이동해 공격을 시작했다.

전선으로 내려온 권율은 이 광경을 보더니 바로 명을 내렸다.

"포병연대에 신호를 보내라!"

"옛!"

부장은 바로 능선 가운데 위치한 포병연대에 권율의 명을 전했다.

잠시 후, 무너진 방책을 지나 능선을 기어오르는 왜군의 머리 위에 포병연대가 발사하는 용란 10여 발이 유성처럼 쏟아져 내렸다.

5장. 승패의 향방(向方)

## 5장. 승패의 향방(向方)

야전에서 소룡포의 위력을 확인한 이혼은 전주성에서 그 숫자를 10문에서 30문으로 크게 늘려 이곳 행주산성으로 모두 실어왔다.

그러나 어제 전투에서는 전혀 사용하지 않았다.

어제 구로다 나가마사의 3번대와 벌인 전투에서는 용조와 용염, 그리고 화차를 총동원해 물리쳤을 뿐, 소룡포의 존재는 감춰두었다.

왜군은 조선군의 소룡포에 당한 전력이 있어 크게 경계했다.

한데 어제 전투가 치열했음에도 소룡포는 모습을 보이지 않았다.

이에 왜군 수뇌부는 조선의 포병부대가 한강을 도하하지 못했거나, 아니면 이동이 느려 행주산성에 도착하지 못한 거라 짐작했다.

화차를 경계하며 능선을 오르던 왜군은 깜짝 놀랐다.

포성과 함께 날아든 용란이 왜군 사이에 떨어졌다.

콰아앙!

흙과 돌, 부러진 나무뿌리가 사방으로 비산하며 왜군을 휩쓸었다.

더구나 용란 안에는 조란환처럼 쇠구슬이 들어있어 운 좋게 직격을 피한 병사들은 이 쇠구슬에 당해 피를 뿌리며 바닥에 쓰러졌다.

용란의 폭발에 놀라 물러서는 부하에게 후쿠시마 마사노리가 외쳤다.

"계속 몰아쳐라! 놈들의 화포는 재장전에 시간이 걸린다!"

후쿠시마 마사노리의 말 대로였다.

10여 발이 떨어진 후 더 이상 용란이 날아오지 않았다.

그 사이, 첫 번째 참호에 도착한 왜군은 조총을 쏘며 뛰어들었다.

그러나 이어 재장전을 마친 화차에 다시 한 번 큰 피해를 입었다.

용란에 이어 화차에 당하며 왜군의 사기는 크게 꺾였다.

전선 전체가 흔들리며 참호로의 진격이 쉽지 않았다.

"에잇!"

후쿠시마 마사노리는 왜도를 뽑아 물러서는 부하의 목을 베었다.

그리고 떨어진 머리를 주워 들어올렸다.

머리에서 흐르는 피가 후쿠시마 마사노리의 얼굴에 뿌려져 마치 악귀나찰(惡鬼羅刹)이 현세에 나타난 거 같은 모습을 연출했다.

"물러서는 놈은 내가 벤다!"

후쿠시마 마사노리의 엄포에 왜군은 다시 능선을 기어올랐다.

조선군은 소룡포와 화차를 이용해 선제타격에 성공했다.

그러나 그게 끝이었다.

화차는 재장전에 시간이 필요했다.

그리고 소룡포는 이제 막 재장전에 들어간 직후였다.

참호를 공격하는 왜군은 이제 권율의 전라사단이 직접 막아야했다.

전라사단 1연대장 황진은 용맹한 장수였다.

이치전투에서 선봉에 섰다가 왜군의 흉탄에 저격을 당할 만큼 선두에 서서 부하들을 직접 독려하며 적과 맞서는 행위를 즐겼다.

지금 역시 마찬가지였다.

조총을 발사한 후 기어오르는 왜군을 향해 화살을 조준했다.

쉬익!

파공음을 내며 날아간 화살이 왜군의 눈에 박혔다.

황진은 바로 다음 화살을 뽑아 시위에 잰 후 힘껏 당기다가 놓았다.

쉬익!

허공을 가른 화살이 왜군의 어깨를 관통했다.

황진은 힘이 좋아서 웬만한 팔 힘이 아니면 당기기 힘든 육량궁을 가볍게 당겨, 올라오는 왜군을 한 명씩 차례대로 저격하였다.

쉭쉭쉭!

화살이 나를 때마다 왜군 한 명이 바닥을 굴렀다.

빗나가는 법이 없었다.

왜군을 공포에 떨게 한 조선군의 활이 그 위력을 다시 드러냈다.

왜군은 웅치에서 패하기 전까지 몰렸다가 화살이 떨어졌다는 조선군 병사의 말을 엿들은 후 다시 공격하여 고지 점령에 성공했다.

만약, 조선군 병사의 말을 순왜가 듣지 못했으면 퇴각했을 것이다.

그 만큼 조선군에게 활은 중요한 무기였다.

실례로 행주대첩에서 막심한 피해를 입은 왜군은 이판사판의 심정으로 변해 공격을 계속하려하였는데 경기수사 이빈이 화살 수만 개를 배에 실어 온다는 소식을 접한 후 결국 공격을 포기했다.

권율의 전라사단은 근위사단과 달리 원거리무기를 활에 의지했다.

조총부대를 아직 편성하지 못해 활이 주력무기였다.

한데 활은 화살이 없으면 쏘지 못했다.

황진은 습관적으로 화살 통에 손을 뻗었다.

그러나 더 이상 잡히는 화살이 없었다.

어느새 화살 통에 가득하던 화살을 모두 사용한 것이다.

황진은 허리춤에 매단 환도를 뽑아 외쳤다.

"공격하라!"

황진의 명에 호응한 병사들이 참호를 나와 왜군을 베었다.

창과 창, 그리고 칼과 칼이 부딪치며 불꽃이 튀었다.

전선 전체에 걸쳐 치열한 백병전이 벌어졌다.

황진은 왼손의 원방패로 창극을 막아냈다.

원방패는 나무로 만드는데 가벼워서 무기와 함께 사용이 가능했다.

대신, 가벼운 만큼, 조총의 탄환은 막지 못했다.

어쨌든 원방패로 창극을 막아낸 황진은 돌아서며 환도를 휘둘렀다.

촤악!

피가 뿜어지며 오른다리가 잘린 왜군이 쓰러졌다.

황진은 쓰러진 왜군을 걷어차며 옆으로 피했다.

그가 있던 자리에 왜군이 찌른 창 두 개가 날아와 흙을 헤집었다.

황진은 환도로 창대를 힘껏 내리쳤다.

콰직!

창대가 부러지며 창이 반 동강으로 변했다.

황진은 당황하는 왜군을 어깨로 밀며 환도를 재차 휘둘렀다.

가슴과 허리가 동시에 베인 왜군 두 명이 사이좋게 굴러떨어졌다.

능선이 완만해 부상을 입지는 않았지만 올라오는데 시간이 걸렸다.

황진은 화려한 갑옷을 입은 사무라이에게 달려갔다.

막 조선군 한 명을 해치운 사무라이 역시 황진을 발견했다.

두 사람은 누가 먼저랄 거 없이 달려들어 서로 무기를 휘둘렀다.

왜도가 환도를 찍어 누르며 불꽃이 튀었다.

쩌억!

왜도와 환도 두 칼은 길이와 강도 모든 면에서 왜도가
더 월등했다.

황진은 금이 간 환도를 내던지며 몸을 날렸다.

그가 피한 자리에 사무라이의 왜도가 떨어지며 흙이 솟
았다.

황진은 흙은 한 움큼 집어 사무라이 얼굴레 던졌다.

흙이 눈에 들어간 사무라이가 욕을 하며 허공에 왜도를
휘둘렀다.

뒤로 물러나서 피한 황진은 창을 집어 그대로 찔러갔다.

푹!

창이 가죽을 덧댄 갑옷에 박혔다.

손에 힘을 준 황진은 창극이 사무라이의 가슴을 뚫는 순
간.

퍽!

멀찍이 떨어지며 가슴을 걷어찼다.

사무라이는 참호에 쌓아놓은 모래주머니 위에서 밑으로
떨어졌다.

그렇게 정신없이 싸우는 동안.

입에서는 단내가 풀풀 풍겼다.

그리고 머리에서는 김이 올라왔으며 팔다리에 힘이 빠
졌다.

1시간 이상 싸우는 바람에 몸이 물을 먹은 솜처럼 무거웠다.

그때였다.

뿌우우!

퇴각을 알리는 고동소리가 들리더니 왜군은 썰물 빠지듯 후퇴했다.

이리하여 왜군 5번대는 결국 참호점령에 실패했다.

이번 패전으로 5번대는 숫자가 크게 줄어 단독작전이 불가능한 수준으로 떨어졌는데 전라사단 1, 2연대의 피해 역시 만만치 않았다.

함경도 토병으로 이루어진 정예부대에, 몇 차례에 걸친 접전으로 단련된 근위사단에 비해 훈련이나, 실전경험이 떨어진 탓이다.

여기저기서 비명과 신음소리가 뒤섞여 들려왔다.

주저앉아 거친 숨을 몰아쉬던 황진은 칼로 바닥을 짚으며 일어섰다.

"부상병은 정상으로 후송해라!"

"예!"

움직일 기력이 있는 병사들이 일어나 부상병을 정상으로 옮겼다.

1연대 부장이 달려와 아뢰었다.

"화살이 부족합니다!"

"아군이나, 왜군의 시체를 뒤져서 사용해라! 없으면 돌이라도 던져!"

"옛!"

대답한 부장이 병사들에게 알리려 가는 순간.

뿌우우!

다시 한 번 소라고둥소리가 울려 퍼지더니 왜군이 다시 공격해왔다.

이번에 쳐들어온 왜군은 검은색 바탕에 열십자(十字)무늬가 있었다.

바로 4번대 시마즈 요시히로의 큐슈병이었다.

더구나 숫자가 1만에 이르러 지친 병사들에게는 귀신보다 무서웠다.

몸은 지쳤지만 눈빛은 여전히 이글거리는 황진이 외쳤다.

"화차는 재장전을 마쳤느냐?"

"예!"

"그럼 사정거리에 들어오면 바로 발사하라!"

"알겠습니다."

황진은 따로 전령을 불러 명을 내렸다.

"포병에게 이번에는 사정 봐줄 거 없이 모두 쏟아 부으라 전해라."

"예, 장군."

전령은 교통호를 이용해 포병에게 달려갔다.

그 순간.

와아아아!

함성소리와 함께 왜군 선봉 수천 명이 능선을 기어 올라왔다.

황진은 급히 주워온 화살을 재활용해 발사했다.

병사들 역시 화살을 주워 올라오는 왜군에게 쏘았다.

화살이 떨어진 병사는 돌을 주워 던질 만큼, 보급사정이 좋지 않았다.

황진은 벌떡 일어나 칼을 뽑았다.

"우리는 살아도 함께 살고 죽어도 함께 죽는다!"

"와아아!"

"여기가 우리의 무덤이다! 물러서지 마라! 세자저하를 지켜야한다!"

"와아아!"

황진의 독려에 지쳐있던 병사들이 함성을 질렀다.

김천일의 2연대 역시 공격을 받아 지원을 요청할 수 없었다.

그 말은 황진의 1연대가 사수하지 않으면 내성이 위험해지는 것이다.

그리고 내성이 위험해지면 이혼이 적의 수중에 들어간다.

146 3

황진은 설령 오늘 죽는 한이 있어도 그 일만은 허락할 수 없었다.

이윽고 왜군의 조총부대가 조총을 쏘기 시작했다.

그 뒤를 왜군 궁병이 화살을 발사하니 참호가 폭격당하는 듯했다.

"으아악!"

미처 피하지 못한 조선군 병사들이 피를 뿜으며 쓰러졌다.

방금 전 5번대와의 전투로 참호를 막은 모래주머니가 쓰러지며 그 안에 매복한 조선군 병사들이 적에게 거의 노출당한 상태였다.

능선의 비탈이 완만해 벌어진 일이었다.

행주산 높이가 100여 미터에 불과해 어느 곳이든 능선이 완만했다.

그나마 남한강을 등진 남쪽에 절벽이 있어 다행이었다.

죽어가는 부하들을 보며 황진이 소리쳤다.

"화차!"

그게 신호였는지 재장전을 마친 화차가 탄환을 쏟아냈다.

한 번에 열다섯 발의 철환이 양쪽에서 비처럼 쏟아졌다.

한 개의 화차가 40개의 승자총통을 모두 발사하는 몇 분 동안에는 조선군이 화력에서 압도해 왜군을 다시 몰아 붙일 수 있었다.

참호의 병사들은 활을 쏘거나, 투석전을 펼쳤다.

그리고 죽폭을 던져 대열을 흩트렸는데 그 사이를 화차가 갈랐다.

화차의 철환세례가 끝나는 순간,

왜군은 다시 힘을 내어 참호를 공격해왔다.

확실히 시마즈 요시히로의 4번대는 5번대와 달랐다.

아직 대패한 경험이 없어서인지 절대 그냥 물러서는 법이 없었다.

"3대대가 돌파 당했습니다!"

"본부대대는 나를 따라와라!"

황진은 부하의 급박한 보고에 본부대대를 대동해 3대대로 달려갔다.

황진의 분전 덕분에 돌파당한 전선은 잠시 소강상태를 맞이했다.

1연대가 엄청난 희생을 겪어가며 어떻게든 막아내는 반면, 2연대가 맡은 안쪽 능선은 거의 돌파당하기 직전이었다.

연대장 김천일이 죽음을 무릅쓴 채 앞에서 독려해보았으나 시마즈 요시히로가 직접 지휘하는 대병력에 점점 지켜가는 중이었다.

협소한 공간에서 전투를 벌이면 당연히 방어하는 쪽이 유리했다.

한 사람이 만 명을 막는 게 이론적으로 가능한 것이다.

싸울 공간이 부족하면 만 명을 동시에 투입하지 못하니 이론 상으로는 한 명이 한 번에 만 명 적 중 한 명만 상대하면 되는 것이다.

그러나 여기에는 한 가지 중요한 맹점이 있었다.

그건 바로 사람은 기계가 아니라는 거였다.

기계는 기름과 윤활유가 있으면 장시간 가동이 가능했다.

그러나 사람은 아무리 물과 음식을 충분히 주어도 지쳐갔다.

그리고 지치는 속도는 시간이 지날수록 몇 배로 빨라져 피곤이 몰려온 순간부터 파김치로 변하는 데는 오랜 시간이 걸리지 않았다.

2연대의 두 배에 이르는 병력은 번갈아가며 공격해왔다.

원래는 공간이 협소한 이유였지만 결과적으로는 왜군에 유리했다.

체력을 비축한 왜군은 지친 조선군을 상대로 끈질기게 돌파해왔다.

김천일 등 2연대 병력은 죽을힘을 다해 막아보았으나 전에 공격해오던 5번대와 달리, 이들은 웬만한 희생에는 꿈쩍하지 않았다.

　　저녁 다섯 시, 노을이 피처럼 붉게 피어오르는 순간.

　　와아아!

　　함성소리가 전선을 갈랐다.

　　그러나 이는 조선군이 지른 함성이 아니라, 왜군이 지른 함성이었다.

　　왜군은 2연대를 돌파해 참호를 점령했다.

　　그리고 바로 정상에 있는 내성으로 돌격해갔다.

　　내성에는 이혼 등의 수뇌부가 있어 어떻게든 지켜야했다.

　　두 번째 참호로 쫓겨 온 김천일이 권율에게 물었다.

　　"저하께 지원 요청하는 게 어떻습니까?"

　　"저하 옆에 있는 병력은 저하를 지켜야하는 병력이다!"

　　"그럼 다 죽습니다."

　　"내가 가진 병력을 줄 테니 어떻게든 막아봐라."

　　말을 한 권율을 투구를 쓴 채 전라사단 본부연대병력을 움직였다.

　　본부연대 병력은 수가 적었다.

　　그리고 1, 2연대처럼 전투병이 아니었다.

　　보급, 의무, 행정, 인사 등 지원하는 역할을 맡은 비전투원이었다.

그러나 이런 상황에서는 전투, 비전투 가릴 여유가 없었다.

그저 무기를 잡을 수 있는 모든 사람이 곧 전투병이었다.

두 번째 참호를 막아내는 병사들의 헌신은 눈물겨웠다.

힘이 약한 자는 약한 대로 다른 병사들을 지원하며 몫을 다했다.

그리고 싸울 수 있는 자는 목숨을 돌보지 않으며 자신을 내던졌다.

이는 권율과 김천일 같은 장수들 역시 마찬가지였다.

마치 목숨은 예전에 내놓았다는 듯 물불을 가리지 않았다.

특히, 권율의 등장은 병사들에게 큰 힘을 주었다.

일군의 장수가 전선을 돌며 병사를 독려하는 경우는 많았다.

한데 권율은 그 방법이 특이했다.

권율은 항아리를 진 채 전선을 돌며 목이 마른 병사들에게 물을 나누어주었다. 물이야 백날 먹던 그 물이었다. 그러나 마치 권율이 준 물은 신묘한 영약이라도 되는지 병사들은 힘을 내어 싸웠다.

두 시간 넘게 적을 성공리에 막아낸 권율은 칼을 번쩍 들어 올렸다.

그 순간, 전선 전체에 터질 듯한 환호성이 메아리쳤다.

시마즈 요시히로가 직접 지휘하는 4번대 병력은 무수한 시신을 남긴 채 결국 전선에서 이탈해 본대가 있는 방향으로 퇴각에 나섰다.

아무리 용감해도 불빛이 없는 참호에서 싸울 수는 없었다.

적이 아니라, 아군을 찌를 위험이 더 크기에 퇴각을 결정한 것이다.

전라사단의 피해 역시 막중했으나 사기는 좋았다.

이혼은 그 날 밤 이원익을 보내 권율과 전라사단 병력을 치하했다.

"큰일을 해주었소."

"소장의 능력이 미천하여 기대에 부응하지 못할까봐 두렵습니다."

"아니오. 상대는 우리도 청주성에서 크게 데인 적이 있는 왜의 정병인데 전라사단이 적은 숫자로 아주 잘 막아주었소. 덕분에 본부연대가 위험했던 왼쪽 능선에 지원을 보내 결국 막아내었소."

"다행입니다."

"적이 그럴 리는 없겠지만 야습이나, 화공을 쓸지 모르니 준비하시오. 그리고 그 외에는 특별한 명이 없는 한, 휴식하도록 하시오. 경계는 오늘 전투가 없었던 5연대 병력이 대신해줄 것이오."

"배려해주셔서 고맙습니다."

그 날 밤, 왜군은 더 이상 움직이지 않았다.

덕분에 지친 조선군은 간만에 단잠에 빠져 체력을 보충
했다.

행주산성으로 피난 온 백성들이 저녁용 주먹밥을 지어
물과 같이 날라다준 덕분에 병사들은 자리에 누워 편하게
쉬는 게 가능했다.

또, 백성들은 이장손의 지휘아래 화살을 만들었다.

화살에 촉을 달거나, 깃을 다는 일은 본부연대에 속한
장인들이 하였지만 나무를 자르거나, 다듬는 일은 어린아
이들도 가능했다.

그야말로 총력전으로 후방, 전방 할 거 없이 한 몸이 되
어 싸웠다.

이혼은 이틀 째 잠을 이루지 못했다.

이혼을 걱정한 허준이 잠이 오는 약을 달여 주었지만 소
용이 없었다.

"이걸 입으십시오."

덩달아 잠을 설친 기영도가 외투를 가져와 입혀주었
다.

이혼은 가죽으로 만든 바람막이를 두른 채 산성 남쪽으
로 걸어갔다.

어제는 수십 개에 불과하던 무덤이 오늘은 수백 개로 늘어나있었다.

그 중 대부분은 전라사단 병사들의 무덤이었다.

이혼은 바람에 흔들리는 비석에 걸어가 뽑히지 않게 깊이 박았다.

비석은 돌로 만들지만 지금은 시간이 없어 나무로 만들었다.

이름과 고향을 적어둔 후 가매장했다가 나중에 이장할 생각이었다.

조선에는 영현병(英顯兵)이 따로 없었다.

영현이란 영령(英靈)을 가리키는 말로 전사자를 뜻했다.

그리고 영현병은 전사자와 관련한 군 업무를 보는 병사였다.

전사자의 수습, 운송, 매장, 장례 등이 모두 이에 포함하는데 영결식에서 조총(弔銃)을 발사하는 의장대 역시 영현병에 포함되었다.

이혼은 전사자의 대우를 아주 중요하게 생각했다.

이는 고인의 명예와 관련 있는 일임과 동시에 사기와 직결되었다.

그래서 본부연대에 영현부대를 만들어 전사자를 대우했다.

늦은 시각임에도 영현부대 병사들은 땅을 파서 무덤을 만들었다.

지금 군의관이 치료하는 중상자 중 많은 숫자가 위독해 무덤이 얼마나 더 필요할지 모르는 일이었으며 내일 역시 전투가 벌어질 가능성이 높아 시간이 있을 때 최대한 많이 만들어 두어야했다.

"밤늦게 수고하는군."

전선을 돌며 병사들을 위무한 이혼은 처소에 돌아와 눈을 붙였다.

전투 중에 졸면 큰일이어서 억지로 자둘 필요가 있었다.

그러나 눈을 감으면 저절로 악몽이 떠올라 잠이 오지 않았다.

선잠이 들었다가 깨기를 몇 번이나 반복했을 무렵.

부관으로 임명한 정말수가 들어와 조심스레 말을 건넸다.

"저하, 아침입니다."

이혼은 손으로 관자놀이를 문지르며 일어났다.

머리가 멍한 게 도무지 살아있는 거 같지 않았다.

불면증은 사람을 미치게 만들었다.

앉아 있으면 졸려서 하품이 나와 미칠 지경이었다.

한데 정작 누우면 잠이 오지 않으니 이보다 미칠 노릇이 없었다.

이혼은 정신을 차리기 위해 침상 위에서 가볍게 스트레칭을 하였다.

어깨를 흔들거나, 목을 한 바퀴 돌려 뭉친 근육을 풀었다.

그리고 일어나서 허리를 앞으로 숙이며 허리에 약한 자극을 주었다.

마지막으로 다리를 편 상태에서 힘으로 눌러 스트레칭을 마쳤다.

그 모습을 정말수가 신기한 눈으로 쳐다보았다.

저렇게 몸을 푸는 사람을 본 적이 없었다.

더욱이 이혼은 왕족, 아니 일국의 세자였다.

그리고 그와 동시에 글을 읽는 선비였다.

그런 사람이 저렇게 방정맞게 몸을 움직이는 모습을 본 적이 없었다.

스트레칭을 마친 이혼은 다시 자리에 앉으며 물었다.

"잠은 좀 잤는가?"

"새벽에 조금 눈을 붙였습니다."

"그럴 테지. 조금만 더 참게. 곧 끝날 거야."

정말수가 걱정하는 눈빛으로 물었다.

"저하는 좀 주무셨습니까?"

"왜 그러는가?"

"눈이 빨갛습니다. 얼굴도 수척해보이시구요."

"움직이기 시작하면 괜찮아질 걸세."

정말수가 침상 밑에 미리 덥혀놓은 신발을 놓으며 물었다.

"세안할 물을 가져올까요?"

"부탁하네."

"곧 대령하겠사옵니다."

정말수가 물을 뜨러간 사이.

이번에는 본부연대장 이의호가 막사의 문을 열었다.

"기침하셨습니까?"

"밤사이 적의 동정은 살펴보았는가?"

"예, 저하. 어제 점고할 때와 달라진 사항은 크게 없는 듯 보입니다."

대답하는 이의호를 물끄러미 보던 이혼은 고개를 끄덕였다.

"알겠네."

"그럼 저는 나가서 아침 점고를 준비하겠습니다."

이혼은 나가는 이의호를 보며 많은 생각이 들었다.

'그를 만난 게 벌써 석 달 전이구나.'

지금 시대의 군무(軍務)는 물론이거니와 병법마저 문외한에 가까운 이혼은 그 대신 근위연대를 지휘해줄 노력한 군관이 필요했다.

그는 허준에게 부탁해 급히 한 사람을 소개받았는데 그
게 바로 이의호였으며 그 인연은 영변, 회령, 청주, 행주산
성으로 이어졌다.

'시간이 날 때 그에게 고맙다는 말을 해야겠어.'

실제로 이의호가 없었으면 살아서 행주산에 오지 못했
을 것이다.

그리고 함경도와 충청도를 수복하기는 더 어려웠다.

그가 적응하는 동안, 옆에서 도와준 사람은 많았다.

어의에서 군의관으로 자리를 옮긴 허준이나, 작전참모
를 흔쾌히 맡아준 정탁, 누구보다 가슴이 뜨거운 이원익이
그를 도와주었다.

그러나 그 중에서 한 명을 꼽으라면 단연 이의호였다.

보이지 않는 곳에서 군무에 서투른 이혼을 보필하며 근
위연대를 근위사단으로, 그리고 지금의 군단급으로 만든
건 이의호의 공이라 해도 지나친 말이 아니어서 그에게 고
마운 감정을 느꼈다.

신발을 신은 이혼은 정말수가 가져온 한강의 물로 얼굴
을 씻었다.

21세기 한강물은 오수와 폐수, 공업용수, 농약이 한데
뒤섞여 깨끗하지 않았으나 이곳의 한강물은 깨끗해 식수
로 사용이 가능했다.

이혼은 정말수가 건넨 수건으로 얼굴을 닦으며 물었다.

"동이 텄는가?"

"예, 저하. 막 텄사옵니다."

"그럼 아침을 서둘러 지으라 하게. 오늘은 더 힘들 거야."

정말수가 수건을 받아들며 물었다.

"이틀 동안, 수천이 죽어나갔는데 또 공격해오겠습니까?"

검은색 철릭 위에 두정갑을 착용하던 이혼은 고개를 돌렸다.

"도둑 사이에 걸어가는 어린아이를 떠올려보게."

"예?"

"더구나 그 아이는 황금을 있다네. 도둑들이 아이를 그냥 두겠는가?"

정말수가 고개를 저었다.

"그냥 두지 않겠지요. 아마 득달같이 달려들어 뺏으려 할 겁니다."

"우리의 상황이 바로 그 아이와 같네."

정말수는 본디 영특한 사람이었다.

이내 이혼의 말한 의미를 알아들었다.

"왜군은 행주산성을 점령할 자신이 있을 거라는 말이군요."

"그렇다네. 행주산성은 성벽조차 갖추지 못한데다 높이

마저 낮아 왜군 입장에서는 언제든 빼앗을 수 있는 황금과
마찬가지일세."

"그렇군요."

"행주산성이 철옹성이었다면 왜군은 아마 어제 포기했
을 것이네."

이혼의 예상은 맞아 떨어졌다.

급히 만든 주먹밥으로 아침을 때우기 무섭게 왜군 기치
가 움직였다.

이혼은 북쪽 들판이 내려다보이는 바위에 올라가 살펴
보았다.

파란색 바탕에 아자(兒字)가 적혀있는 군기 수십여 개가
강한 바람에 펄럭이며 빠른 속도로 가운데 능선으로 접근
해오는 중이었다.

산안개와 빠르게 흘러가는 구름.

그리고 태양의 강렬한 빛이 펄럭이는 기치와 창칼의 날
을 붉은색으로 물들여 살벌하면서도 가슴이 뛰는 묘한 광
경을 연출하였다.

"우키타 히데이에의 군기다. 드디어 총사령관이 나서는
가?"

이혼은 고개를 끄덕였다.

'내 예상보다는 하루가 빠르지만 어쨌든 조급해진 건
분명하구나.'

우키타 히데이에는 조선에 출병한 왜군의 총사령관이었다.

순서로는 8번대였으며 다른 영주처럼 1만 병력을 직접 지휘했다.

우키타 히데이에는 어린 나이에 오대로(五大老)에 올랐다.

오대로는 도요토미 히데요시가 세력이 큰 영주들을 대우해줌과 동시에 감시 및 서로 견제하도록 만들기 위해 설립한 조직이었다.

실제로 막부의 실권을 잡은 조직은 이시다 미쓰나리, 아사노 나가마사와 같은 오봉행(五奉行)이었으며 오대로는 명예직에 가까웠다.

설립 목적에서 알 수 있듯 오대로의 면면은 화려하기 짝이 없었다.

뭐니 뭐니 해도 도요토미 히데요시가 가장 경계하는 간토의 패자 도쿠가와 이에야스를 시작으로 도요토미 히데요시의 심복임과 동시에 가가번 100만석의 대영주 마에다 도시이에, 주코쿠의 젊은 패자 모리 테루모토와 모리 테루모토의 숙부 고바야카와 다카카게가 오대로의 네 명이었으며 마지막이 우키타 히데이에였다.

임진왜란에는 오대로 중 모리 테루모토와 고바야카와 다카카게, 그리고 우키타 히데이에 세 명이 선발로 참여해 왜군을 지휘했다.

그리고 마에다 도시에는 출병을 명령 받아 큐슈에 집결 중이었다.

명성으로 보면 고바야카와 다카카게, 그리고 동원한 병력으로 치자면 3만 명을 동원한 모리 테루모토가 총사령관을 맡는 게 맞았다.

그러나 도요토미 히데요시의 선택은 우키타 히데이에였다.

이는 도요토미 히데요시의 총애가 있어 가능했다.

우키타 히데이에는 오카야마성주던 아버지 우키타 나오이에가 급사하는 바람에 열한 살의 어린 나이에 오카야마성을 상속받았다.

이후에는 도요토미 히데요시, 당시에는 하시바 히데요시의 막하에 들어가 군공을 세웠는데 총애를 받아 히데요시의 양자가 되었다.

그리고 나중에는 역시 히데요시의 양녀였던 마에다 도시이에의 딸과 혼인해 히데요시와 마에다 도시이에라는 두 거물과 모두 인척관계로 얽히며 조선출병의 총사령관을 맡는 등 승승장구하였다.

우키타 히데이에는 조선으로 출병하기 직전, 왜군이 조선을 성공적으로 점령할 경우, 그에게 조선총독을 맡기겠다는 말을 히데요시에게 직접 들어 누구보다 열정적으로 이번 전쟁을 지휘했다.

실제로 불과 한 달 만에 전라도와 대동강 이북을 제외한 모든 지역을 손에 넣는 기세를 발하며 조선점령이 눈앞으로 다가왔다.

한데 조선의 세자가 나타나며 모든 게 꼬여버렸다.

조선의 세자는 2번대를 물리친 후 함경도를 수복했다.

그리고 이어서 충청도마저 수복해 왜군을 위아래로 양단시켜버렸다.

조선군은 거기에 만족하는 대신, 더 공세적으로 나왔다.

바로 도성 왼쪽에 있는 행주산에 들어와 칼을 겨눈 것이다.

이제 총사령부마저 위험해져 우키타 히데이에가 직접 나서야했다.

한데 4만이 넘는 병력을 동원한 회전에서 연 이틀 대패했다.

첫 날 공격한 구로다 나가마사의 3번대는 거의 와해수준이었으며 주장 구로다 나가마사는 화상을 입어 진중에서 치료 중에 있었다.

그리고 4번대, 5번대, 6번대 역시 적지 않은 피해를 입었다.

참다못한 우키타 히데이에는 자신의 1만 병력을 움직였다.

이혼은 우키타 히데이에가 가운데 능선으로 오는 모습을 보았다.

"전령!"

"예, 저하."

"포병연대장 장산호에게 왼쪽과 오른쪽에 배치한 포병을 가운데 능선으로 불러 공격해오는 왜군의 주장을 집중 공격하게 하라."

"알겠사옵니다!"

말에 오른 전령들은 곧장 장산호에게 달려갔다.

잠시 후, 장산호의 지휘를 받은 포병이 가운데 능선으로 집결했다.

먼저 가벼운 화차부대가 도착했다.

그리고 기동이 쉽지 않은 야포부대는 이제 막 출발하기 시작했다.

그 사이, 우키타 히데이에의 1만 병력이 가운데 능선을 들이쳤다.

콰아앙!

가운데 능선에 배치한 소룡포가 불을 뿜으며 용란을 쉼없이 토했다.

용란이 능선을 공격해오는 왜군의 머리 위에 떨어졌다.

여기저기서 흙과 돌, 그리고 나무가 튀어 오르며 먼지가 비산했다.

포격을 뒤집어 쓴 왜군은 물러서는 대신, 더 빠르게 기
어 올라왔다.

가운데 능선을 지키는 5연대장 국경인이 고함을 질렀
다.

"화살을 쏘아라!"

잠시 후, 5연대 사수가 일어나 화살을 발사했다.

수백 발의 화살이 비처럼 쏟아지며 왜군 선봉을 자리에
주저앉혔다.

그러나 왜군 두 번째 열은 대나무방패를 능선으로 올리
더니 그 뒤에서 조총과 활을 쏘며 참호에서 반격하는 조선
군을 공격했다.

조선군과 왜군 양측은 원거리무기로 치열하게 교전했
다.

국경인은 조총에 맞아 쓰러지는 이언우를 안으로 끌어
들여 살폈다.

그러나 목을 맞아 즉사한 상태였다.

국경인은 치켜뜬 이언우의 눈을 감겨주며 일어섰다.

"화차부대! 지금이다! 놈들을 쓸어버려라!"

국경인의 명에 대기하던 화차부대가 위장해두었던 화차
를 꺼냈다.

탕탕탕!

가운데 능선에 집결한 서른 대의 화차가 불을 뿜어냈다.

참호로 진격해오던 왜군 두 번째 열이 화차의 교차사격에 당했다.

왜군은 다시 세 번째 열을 올려 보내 계속 참호를 노렸다.

그때, 마침내 도착한 야포부대가 소룡포를 발사하기 시작했다.

가운데 능선에 배치한 10문에, 지원 온 20문을 합쳐 총 30문이었다.

30문의 소룡포가 불을 뿜는 순간.

가운데 능선 전체에 불길이 치솟으며 왜군이 사방으로 흩어졌다.

"화력을 집중해라!"

국경인은 포격에 쓸려나가는 왜군을 보며 목이 터져라 소리쳤다.

그 즉시, 사수와 포수가 동시에 공격을 시작하니 능선에 올라온 왜군 수천 명이 머리를 감싸 쥔 채 쥐떼처럼 사방으로 흩어졌다.

사방으로 흩어지던 왜군은 어느 순간, 전열을 다시 가다듬었는데 패전 직전의 군대를 수습하는 건 그야말로 불가능에 가까웠다.

한데 왜군은 그걸 해냈다.

국경인은 방패로 몸을 가린 채 일어나 능선 밑을 살펴보았다.

녹색 우산에 빨간색 천이 달린 깃발이 눈에 들어왔다.

흩어지던 왜군은 저 깃발 주위에 모이더니 다시 진격을 시작했다.

국경인은 회심의 미소를 지었다.

"저 우산이다! 모두 저 우산을 향해 집중 사격을 가해라!"

국경인의 명은 곧 전 연대에 퍼졌다.

그와 동시에 탄환과 화살이 빗발치듯 날았다.

이어서 죽폭이 날아가더니 화차와 소룡포가 뒤질 새라 불을 뿜었다.

그야말로 조선군이 가진 모든 원거리무기가 일제히 폭발했다.

파파파팟!

엄청난 화력을 쏟아 붓는 순간.

갈가리 찢긴 우산 아래, 누군가가 본대 방향으로 도망쳤다.

국경인의 작전은 제대로 먹혔다.

녹색 우산에 붉은 천이 달린 깃발은 우키타 히데이에의 우마지루시였는데 그게 오히려 좋은 표적이 되어 집중공격을 받은 것이다.

총상을 입은 우키타 히데이에는 가신의 등에 업혀 도망쳤다.

왜장이 도망치니 그 밑에 있는 부하들이야 말하면 입이 아플 지경이어서 능선 안에서 사방으로 흩어지다가 맹렬한 공격에 쓰러졌다.

의외로 전투는 정오가 지나기 전에 끝났다.

왜군 8번대는 수천의 사상자를 낸 채 퇴각을 시작했다.

더구나 총대장인 우키타 히데이에가 중상을 입어 사기가 떨어졌다.

도망치는 왜군을 보며 이혼은 급히 전령을 불렀다.

"권응수에게 적을 추격하라고 전해라."

"예, 저하."

전령은 곧 후방에 대기 중이던 권응수를 찾아 이혼의 명을 전했다.

권응수가 먹이를 먹던 군마 위에 훌쩍 뛰어오르며 외쳤다.

"나를 따르라!"

그 소리에 휴식을 취하거나, 병장기를 손질하던 기병연대 병사 2천 명이 각자 가진 군마에 올라 권응수 주위에 모이기 시작했다.

"가자!"

소리를 지른 권응수는 능선을 내려가며 도망치는 왜군을 격살했다.

그 뒤를 2천의 기병연대가 따르니 산하가 진동했다.

"대열을 맞춰라! 흩어지지 마라!"

명을 내린 권응수는 선두에 서서 도망치는 왜군의 등에 창을 찔렀다.

달려 내려오는 힘이 있어 창에 찔린 왜군은 훌쩍 날아가 떨어졌다.

창을 버린 권응수는 환도로 왜군을 베어나갔다.

그야말로 완벽한 승리였다.

권응수는 왜군 본대 근처까지 적을 쫓다가 다시 돌아왔다.

오전 전투를 대승으로 이끈 조선군은 점심을 먹은 후 휴식을 취했다.

오랜만에 작전 회의가 이혼의 막사에서 열렸다.

장수들의 의견은 모두 같았다.

이미 대승을 거두었으니 산에서 내려가 끝을 보자는 의견이었다.

이혼은 한극함을 보았다.

한극함은 참모장으로 참모들의 의견을 종합해 이혼에게 보고했다.

"참모부 역시 같은 생각입니다."

"그럼 각 연대는 수세에서 공세로 전환할 준비를 갖추도록 하시오."

"예, 저하!"

대답한 연대장들은 자기 부대에 돌아가 병력을 점고했다.

이제 지겨운 참호전 대신에 적을 공격하러 내려가는 일만 남았다.

사기가 꺾일 대로 꺾인 왜군 따위야 더 이상 두렵지 않았다.

이혼은 권응수에게 선봉을 맡겼다.

그 동안 체력을 비축한 권응수는 당연히 승낙해 준비에 들어갔다.

"준비는 모두 마쳤소?"

"예, 저하. 모든 연대가 저하의 신호를 기다리는 중입니다."

한극함의 대답에 이혼은 손을 하늘로 올려 하늘을 가리켰다.

이제 그 손을 내려 왜군을 가리키면 기병연대가 돌격에 들어갔다.

그리고 그 뒤를 보병연대와 포병연대 등이 따를 것이다.

이혼의 손이 내려오려는 순간.

정찰중대장 강문우가 급히 뛰어들었다.

"저하, 왜군의 공세이옵니다!"
한극함이 놀란 표정으로 물었다.
"어디냐?"
"왼쪽 능선입니다."
"숫자는?"
두 갈래로 나뉜 1만여 병력입니다."
그때, 왼쪽 능선에서 왜군의 총성이 아련하게 들려왔다.

6장. 맹렬한 기습

## 6장. 맹렬한 기습

보고는 연달아 이어졌다.

"오른쪽과 가운데 능선을 1만에 이르는 왜의 병력이 공격해옵니다!"

정찰병의 보고에 이혼은 정신이 없었다.

수세에서 공세로 전환하기 위해 준비하는 사이.

왜군은 오히려 대대적인 공세를 퍼부어 혼란에 빠트렸다.

더구나 화차와 소룡포 등이 산을 내려가기 위한 기동 중이어서 재가동에 들어가려면 적지 않은 시간이 필요해 치명타를 입었다.

모두가 당황해 우왕좌왕할 무렵.

정탁이 홀로 침착함을 유지했다.

"각 연대에 전령을 보내 전선을 사수하라 하십시오."

이혼은 다급한 중에 정탁의 의견을 옳게 여겨 바로 전령
을 보냈다.

곧 전선에서 전령이 돌아와 상황을 보고했다.

"오른쪽 능선에 왜군 3천이 공격 중입니다."

"가운데 능선은 왜군 5천이 공격 중에 있습니다."

"왼쪽 능선은 왜군 1만5천이 공격해 현재 참호가 돌파
당했습니다."

왼쪽 능선으로 갔던 전령의 보고에 이혼은 벌떡 일어났
다.

"현재 상황이 어떠하던가?"

"3연대가 피해를 입어 두 번째 참호로 이동 중에 있습니
다. 그리고 2연대는 버티는 게 한계여서 3연대를 도울 방
법이 없습니다."

왼쪽 능선을 지키는 부대는 근위사단 2연대와 3연대였
다.

2연대는 정문부, 3연대는 고언백으로 지금까지 잘 막아
왔는데 왜군의 갑작스러운 기습에 당황해 벌써 두 번째 참
호로 퇴각 중이었다.

이혼은 반사적으로 정탁을 보았다.

시선을 받은 정탁은 행주산성의 지도를 가져와 가리켰다.

"왼쪽 능선에 설치한 첫 번째 참호가 뚫렸다면 2연대 역시 3연대가 후퇴해 있는 두 번째 참호로 이동시켜야합니다. 그렇지 않으면 왜군이 3연대가 있던 자리에서 남쪽으로 크게 우회하여 2연대 후미를 공격할 위험이 있습니다. 저하, 서둘러 명을 내리십시오."

이혼이 정탁의 의견대로 하려는 순간.

두 번째 전령이 들어와 보고했다.

"왜군이 3연대가 돌파당한 참호로 우회하여 2연대 후미를 기습해왔습니다. 현재 2연대는 큰 피해를 입은 채 급히 퇴각 중입니다."

정탁은 고개를 저었다.

"왜장의 솜씨가 대단합니다. 이렇게 빨리 우회할 줄은……."

"이러다가 2연대, 3연대를 다 잃겠소."

"우선 기병연대를 보내 2연대와 3연대를 지원하라 하십시오."

"알겠소."

이혼은 기병연대장 권응수를 불러 왼쪽 능선을 지원하도록 하였다.

기병연대는 말과 같이 움직일 때 가장 강했다.

그러나 그들 대부분은 보병으로 시작하여 보병전투 역시 능했다.

그 시각.

2연대장 정문부는 생애 최악의 전투를 펼치는 중이었다.

조선이 자랑하던 화차는 그들이 버린 첫 번째 참호에 버려져있었다.

수세에서 공세로 전환하기 위해 화차를 첫 번째 참호까지 이동시켰는데 그 틈에 왜군이 기습해와 화차를 수습할 기회를 잃었다.

화차를 운용하는 포병이 크게 상하지 않은 게 그나마 다행이었다.

또, 소룡포를 운용하던 야포부대는 왜군의 공격을 막기 위해 급히 원래 자리로 돌아갔으나 다시 고정해 발사하려면 시간이 걸렸다.

2연대는 두 번째 참호에 쏟아지는 조총 탄환을 온 몸으로 맞았다.

첫 번째 참호에서 두 번째 참호로 올라온 왜군은 대나무 방패를 두 번째 참호 앞까지 이동시킨 후 그 뒤에서 조총을 계속 쏘았다.

"방패로 막아라!"

정문부는 장방패를 참호 앞에 세워 왜군의 조총을 막았다.

그러나 이는 한계가 있었다.

죽폭이 있으면 대나무방패를 부술 수 있지만 3일간 치

른 연전에 그 동안 밤을 새워가며 생산한 죽폭을 거의 다 소비한 후였다.

정문부는 매섭게 몰아치는 왜군의 공세에 이를 악물었다.

현재 2연대가 방어하는 왼쪽 능선 오른편을 공격해오는 부대는 왜군 4번대에 속해있는 큐슈의 맹장 시마즈 요시히로의 부대였다.

시마즈 요시히로는 큐슈에서 1만 병력을 데려왔는데 다른 부대와 달리 큰 피해를 거의 입지 않아 6천에 이르는 병력을 투입했다.

2연대 천여 명은 몇 배에 이르는 적을 상대하느라 곤욕을 치렀다.

"3대대가 뚫렸습니다!"

부장의 보고에 정문부는 직접 달려가 3대대를 도왔다.

그때, 다시 1대대가 돌파당하며 전선 전체가 어지럽게 변했다.

두 번째 참호를 놓고 치열한 고지전이 벌어질 무렵.

왼쪽 능선 왼편을 방어하던 3연대는 일패도지한 상태였다.

3연대가 상대하는 왜군은 고바야카와 다카카게의 6번대였는데 고바야카와 다카카게 대신에 아들 고바야카와 히데카네가 지휘했다.

고바야카와 히데카네는 3연대의 두 번째 참호를 마침내 격파했다.

3연대장 고언백은 미친 듯이 소리를 질렀다.

"참호를 지켜라!"

그러나 참호 안에 쏟아져 들어온 왜군은 숫자가 너무 많았다.

"으악!"

왜군의 장창에 가슴을 찔린 병사가 비명을 지르며 쓰러졌다.

고언백은 원방패로 장창을 막아내며 칼을 휘둘렀다.

허벅지를 베인 왜군이 주춤하는 순간.

원방패를 버린 고언백은 두 손으로 칼을 내리쳤다.

얼굴을 베인 왜군은 더 이상 움직이지 않았다.

고언백은 방금 쓰러진 병사의 목에 손을 가져갔다.

그러나 맥이 뛰지 않았다.

창에 찔린 후 즉사한 것이다.

이를 악문 고언백은 좌우를 둘러보았다.

참호 곳곳에서 백병전이 벌어지는 중이었는데 아군이 조금씩 밀렸다.

고언백은 참호 위에 쌓아놓은 모래주머니 위로 올라갔다.

"힘을 내라! 곧 지원군이 당도한다!"

고언백의 외침이 전선 전체에 퍼져나갔다.

다들 마지막 힘을 쥐어짜내 왜군을 몰아내려는 순간.

타앙!

어디선가 들려온 조총의 총성에 고언백의 신형이 크게 흔들렸다.

고언백은 고개를 내려 가슴을 보았다.

두정갑 사이에서 피가 점점이 배어나왔다.

고언백이 다시 고개를 드는데 조총의 총성이 또 한 발 울려 퍼졌다.

햇볕을 온몸으로 받아내던 고언백은 거성이 무너지듯 주저앉았다.

"장군!"

부관이 달려가 쓰러진 고언백을 참호 안으로 끌어당겼다.

그러나 고언백은 이미 이 세상 사람이 아니었다.

투구를 관통한 조총의 탄환이 머리에 박혀 눈을 뜬 채 즉사했다.

고언백이 쓰러지며 3연대는 걷잡을 수 없이 무너졌다.

두 번째 참호마저 내준 3연대 잔존병력은 급히 정상으로 후퇴했다.

"으아아악!"

퇴각에 실패한 병사들의 구슬픈 비명소리가 메아리치며 들려왔다.

정신없이 후퇴하던 3연대 병력은 곧 지원군과 마주했다.

기병연대장 권응수가 지휘하는 2천 병력이었다.

낭패한 모습으로 퇴각하는 3연대 병력에게 권응수가 물었다.

"연대장은 어디 있느냐?"

1대대장이 굵은 눈물을 뿌리며 대답했다.

"전사하셨습니다!"

"이런!"

권응수는 퇴각하던 3연대를 수습해 정상으로 올라오는 왜군을 저지했는데 두 번째 방책마저 돌파를 당하면 본부가 위험해졌다.

이혼은 능선 입구에 첫 번째 방책을 세웠다.

그리고 능선에 두 개의 참호를 파서 종심을 깊게 만들었다.

또, 본부가 있는 정상에는 두 번째 방책을 세워 기습에 대비했다.

권응수가 방어하는 두 번째 방책은 최후의 보루였다.

권응수가 지휘하는 기병연대 병력이 합류해 왜군을 저지했다.

방책을 사이에 둔 채 화살과 조총, 그리고 돌이 난무했다.

권응수는 방책으로 올라오는 왜군을 보며 손가락에 침

을 묻혔다.

그리고 침을 묻힌 손가락을 이용해 바람의 방향을 확인했다.

바람은 마침 남쪽에서 북쪽으로 부는 중이었다.

권응수는 급히 좌우에 명을 내렸다.

"횟가루를 뿌려라!"

권응수의 지시를 받은 병사들이 방책 위에 걸려 있는 포대를 칼로 찢었는데 안에 든 횟가루가 강풍에 실려 남쪽으로 계속 불어갔다.

눈에 횟가루가 들어간 왜군은 그 자리에 주저앉아 몸부림을 쳤다.

기병연대 병사들은 그런 왜군에게 활을 쏘아 숨통을 끊었다.

기병연대의 분전으로 고바야카와 히데카네의 부대는 두 번째 방책 앞에서 저지당해 정상으로 진격하는데 처음으로 실패를 맛봤다.

첫 번째 방책과 두 개의 참호를 부수며 노도처럼 밀려오던 왜군의 기세가 한풀 꺾이는 순간, 조선군을 감싸던 긴장이 다소 풀렸다.

그때였다.

밑에서 정찰하던 정찰중대 병력이 급히 후퇴하며 소리쳤다.

"왜군이 더 올라옵니다!"

"2연대가 막던 왜군인가?"

정탁의 질문에 정찰중대장 강문우가 고개를 저었다.

"아닙니다. 새로운 부대입니다."

"큰일이군."

정탁의 말대로 정말 큰일이었다.

시마즈 요시히로의 왜군은 2연대를 가운데 능선으로 몰아붙였다.

그리고 고바야카와 히데카네의 부대는 3연대와 기병연대를 두 번째 방책 앞에 붙들어놓았는데 그 틈을 새로운 왜군이 돌파했다.

처음부터 이럴 계획이었는지 거침이 없었다.

이혼은 두 번째 방책이 속수무책 뚫리는 모습을 보며 아차 싶었다.

세 번째 부대는 바로 타치바나 무네시게의 부대였다.

청주성에서 크게 데인 적 있는 바로 그 부대가 다시 등장한 것이다.

타치바나 무네시게가 직접 지휘하는 왜군은 두 번째 방책을 돌파한 후 내성에 있는 이혼을 향해 그야말로 미친 듯이 돌진해왔다.

정문부는 타치바나 무네시게를 막기 위해 병력을 내성으로 급히 돌리려 했으나 시마즈 요시히로가 끝내 놓아주지 않아 실패했다.

상황은 권응수의 기병연대와 3연대 역시 마찬가지였다.

고바야카와 히데카네의 부대에 발목이 잡혀 방책을 떠나지 못했다.

왼쪽 능선에서 지원 올 수 없다면 가운데와 오른쪽 능선에서 병력을 지원받아야 했으나 그곳 역시 공격을 받아 몸을 빼지 못했다.

본부연대장 이의호가 달려왔다.

"저하께서는 오른쪽 능선으로 피하십시오."

"내성에는 비전투인원들이 많네. 그들을 버릴 수는 없어."

이혼이 미적거리는 순간.

탕탕탕!

왼쪽 방책에서 조총의 총성이 어지럽게 울렸다.

서로 같은 조총을 사용해 총성은 비슷했다.

그러나 방책 안에서 들려온 소리가 아니라, 밖에서 들린 소리였다.

본부연대 5대대장 김언광이 피에 젖은 모습으로 들어왔다.

"왜군이 방책을 돌파했습니다!"

김언광의 보고에 이의호가 돌아서서 군례를 취했다.

"저하, 소장이 가서 막아보겠사옵니다!"

이혼이 말릴 새도 없이 이의호는 김언광과 적을 막으로 출발했다.

전장에 도착한 이의호의 짙은 눈썹이 꿈틀거렸다.

나무를 잘라 엮은 방책이 부서져 있었는데 왜군 수백 명이 안으로 쏟아져 들어와 막아서는 본부연대 병사들을 계속 베어 넘겼다.

왜군이 사람보다 긴 장창을 찔러올 때면 피가 꽃잎처럼 휘날렸다.

"가자!"

소리친 이의호는 본부연대 병력을 전부 동원해 왜군에 맞서갔다.

평소에는 이혼과 참모진, 그리고 병기과의 장인 등을 보호하느라 전투에 직접 나설 일이 없었지만 원래 아주 훌륭한 병사들이었다.

이의호는 왜군이 찌른 창을 물러서며 칼로 가볍게 넘겼다.

표적을 잃은 창은 이내 땅에 박혀들었는데 창대를 발로 밟은 이의호가 칼을 옆으로 휘두르는 순간, 왜군의 가슴에서 피가 쏟아졌다.

이의호는 고개를 숙여 뒤에서 찔러온 왜군의 창을 아슬아슬하게 피했는데 투구가 떨어지며 상투를 튼 머리가 그대로 드러났다.

뒤에서 적이 온다는 말은 이미 혼전이라는 말이었다.

이의호는 투구를 다시 쓸 새가 없어 바로 돌아서며 칼을 휘둘렀다.

왜군이 창을 버리더니 칼에 베인 얼굴을 감싸 쥐며 물러섰다.

퍽!

왜군의 가슴을 걷어찬 이의호는 두 손으로 칼을 잡아 밑으로 찔렀다.

목옆을 관통한 칼날이 왜군의 가슴을 헤집었다.

힘을 주어 칼을 뽑아낸 이의호는 옆구리에 시큰한 느낌을 받았다.

어느새 다가왔는지 사무라이 하나가 칼로 옆구리를 베었다.

다행히 갑옷에 막혀 살이 잘리지는 않았지만 머리카락이 쭈뼛 서는 느낌을 받은 이의호는 주먹으로 사무라이의 얼굴을 가격했다.

콰직!

코가 부서지며 코피를 쏟아내던 사무라이가 뭐라 소리치며 왜도를 휘둘러왔는데 허공을 가르는 소리가 살벌해 경각심이 일었다.

버드나무처럼 상체를 흔들어 왜도를 피한 이의호는 거리를 좁혔다.

사무라이는 물러서며 칼을 휘둘렀는데 이의호가 더 빨랐다.

칼의 날이 햇볕을 반사하며 날아가 사무라이 가슴을 그어 내렸다.

푹!

왜군의 가슴갑옷을 파헤친 칼이 옷과 살을 동시에 잘라 냈다.

촤아악!

가슴뼈가 하얗게 드러나며 피가 분수처럼 솟아나왔다.

이의호는 급히 물러섰는데 조금 늦었는지 피가 얼굴을 뒤덮었다.

"제길!"

급히 손으로 눈에 묻은 피를 훔쳐내는 순간.

다른 사무라이 하나가 돌진해와 이의호의 가슴에 칼을 찔러 넣었다.

이의호는 가슴에 화끈한 통증을 느끼며 바닥을 굴렀다.

사무라이와 엉켜 바닥을 구르던 이의호는 허리에 찬 단도를 뽑았다.

푹!

단도로 목을 찌르기 무섭게 피가 쏟아지며 갑옷까지 피에 젖었다.

위에 엎어져 즉사한 사무라이를 옆으로 밀친 이의호가

일어났다.

사무라이의 칼이 갑옷을 뚫었는지 피가 점점이 배어나왔다.

이의호는 머리가 어지러워지며 세상이 빙글빙글 돌았다.

마치 밤새 꿈속을 헤맨 듯 멍한 느낌이었다.

피가 많이 흘렸는지 얼굴이 하얗게 질렸는데 다만 눈은 전과 다름없어 여전히 방책을 돌파해오는 왜군을 잡아먹을 듯 노려보았다.

그때였다.

왜군의 조총수 몇 명이 도열하더니 방아쇠를 당겼다.

탕탕탕!

조총의 총성이 울려 퍼지는 순간.

이의호는 불에 달군 쇠꼬챙이가 온 몸을 찌른 듯한 고통을 느꼈다.

그제야 그는 직감했다.

오늘이 그의 마지막임을.

이의호의 머릿속에 돌아가신 선친의 음성이 들려왔다.

선친 역시 그와 마찬가지로 무과에 급제해 전장을 떠돈 무관이었다.

'사내에게 죽음 밖에 남지 않았을 때는 어떻게 죽는지가 중요하다.'

이의호는 칼을 휘두르며 달려가 돌아서는 왜의 조총병을 베어갔다.

피가 사방으로 튀며 왜군 조총병이 바닥을 굴렀다.

푸욱!

그 순간. 양쪽에서 날아든 창이 이의호의 옆구리를 동시에 찔렀다.

이의호는 수중의 칼을 왜군에게 던졌다.

그러나 칼이 왜군에게 맞았는지는 확인하지 못했다.

이의호는 창에 찔린 자세 그대로 숨져 더 이상 움직이지 못했다.

영변에서부터 이혼을 보좌한 본부연대장의 전사였다.

본부연대장 이의호를 죽인 왜군은 마침내 내성으로 들어왔다.

참모부대에 속한 병사들이 막아보았으나 역부족이었다.

무기를 만들거나, 붓을 잡던 병사들이 막기에는 왜군이 너무 강했다.

왜군은 빠르게 방어선을 돌파해 이혼의 턱 밑까지 쫓아 들어왔다.

이제 정말 코앞이었다.

다시 한 번 생사의 갈림길에 섰다.

이의호의 전사를 안 이혼은 갑자기 가슴이 먹먹해지는 기분이었다.

오늘 아침 그의 보고를 받았을 때 고맙다는 말을 하려했었다.

이의호가 없었으면 이혼은 지금 이 자리에 서있지 못했을 것이다.

그러나 시간이 부족해 내일 하리라 다짐만 한 채 그만두었는데 그게 그의 마음을 더 아프게 만들어 집중을 하기가 쉽지 않았다.

정탁은 그런 이혼의 상태를 눈치 챘는지 급히 조언했다.

"저하, 이제는 정말로 피하셔야합니다."

이원익의 생각 역시 정탁과 크게 다르지 않았다.

"여기는 신들이 막을 터이니 저하께서는 오른쪽으로 피하십시오. 거기에 전라사단이 있으니 최악의 순간은 피할 수 있사옵니다."

정탁과 이원익에게 떠밀린 이혼이 오른쪽 능선으로 출발하는 순간.

젊은 사내 하나가 달려와 이혼 앞에 무릎을 꿇었다.

복장은 조선인의 복장이었으나 머리를 민 모습은 왜인과 닮았다.

"잠깐."

이혼은 말고삐를 쥔 기영도에게 멈추라는 신호를 보내며 물었다.

"너는 웅태가 아니냐?"

사내 옆에 있던 통역이 이혼의 말을 통역했는지 사내가 대답했다.

"예, 저하. 소인 웅태이옵니다."

웅태는 항복한 왜군출신으로 그 동안 다른 왜인들과 연대를 돌며 조선 병사들에게 조총을 쏘는 법이나, 칼 쓰는 법을 가르쳤다.

"무슨 일이냐?"

이혼의 질문에 웅태는 머리를 바닥에 찧으며 외쳤다.

"소인의 부대를 보내주십시오."

웅태는 그 동안 항복한 왜군 수백 명의 감독과 지휘를 맡아왔다.

이혼은 다시 물었다.

"네가 왜군을 막겠다는 말이냐?"

"그렇사옵니다, 저하. 소인에게 기회를 주시옵소서."

웅태의 대답에 이혼은 정탁과 이원익을 번갈아보았다.

정탁은 고개를 끄덕인 반면, 이원익은 고개를 한 번 저으며 말했다.

"저들이 항복한 항왜이기는 하오나 상대는 왜군이옵니다. 동포와 싸워야하는데 어찌 최선을 다하겠습니까. 어쩌면 전장에서 다시 왜군에게 투항을 하여 아군의 사기를 꺾을지 모르는 일입니다."

정탁은 바로 반대의견을 내었다.

"저들은 한 번 항복한 자들입니다. 신이 왜의 습성을 잘 알지는 못하오나 한 번 항복한 자를 용서하여 받아들이기는 쉽지 않을 겁니다. 다시 말해 저들이 기댈 언덕은 이제 저하밖에 없으니 허락하십시오. 지금은 어린 아이의 도움이라도 받아야할 데입니다."

이혼은 잠시 고민하다가 고개를 끄덕였다.

"좋다. 항왜부대는 가서 적을 막아라!"

"황송하옵니다!"

웅태는 바로 항왜부대 수백을 대동하여 왜군을 막아갔다.

그러나 웅태의 항왜부대를 완전히 믿지는 않았다.

이원익의 말대로 항왜부대가 다시 왜군에게 투항해버리면 가뜩이나 밀리던 전황이 왜군 쪽으로 삽시간에 넘어가버릴 위험이 있었다.

이혼은 정기룡을 불렀다.

"그대가 결사조와 함께 항왜부대를 감시해라. 만약, 항복할 낌새가 보이면 바로 웅태의 목을 쳐 사기가 떨어지는 일을 막아야한다."

"명심하겠습니다."

군례를 취한 정기룡은 바로 한강을 도하할 때 혁혁한 공을 세운 결사조 서른 명을 대동하여 앞서간 웅태의 항왜부대를 추격했다.

정기룡이 도착했을 때 항왜부대는 이미 왜군과 전투 중에 있었다.

이원익의 우려는 우려로 끝났다.

웅태가 지휘하는 항왜부대는 오히려 더 헌신적으로 전투에 임했다.

더구나 그들은 왜군의 전투방식을 잘 안다는 장점이 있었다.

항왜부대는 왜군 중앙을 단숨에 돌파해 왜군을 두 쪽으로 갈랐다.

그 모습에 피가 끓어 오른 정기룡이 외쳤다.

"질 수는 없지! 항왜부대를 도와 왜적을 물리쳐라!"

정기룡과 그의 지휘를 받는 결사조 병사들이 왜군에게 달려갔다.

결사조의 숫자는 서른 명에 불과했다.

한강을 도하할 때 정예 중의 정예를 선발해 수색정찰, 강행정찰 임무를 맡겼는데 정찰임무가 주여서 많은 인원을 선발하지 못했다.

그 대신, 결사조 모든 병사가 일당십이 가능한 정병이었다.

항왜부대에 결사조가 더해지니 왜군의 기세는 눈에 띄게 줄었다.

그 시각.

왜군의 진채가 있는 북쪽 들판에서 더 북쪽에 있는 나지막한 언덕 위에 조선 백성의 옷차림을 한 병사 2천여 명이 집결해 있었다.

그들은 바로 유격연대장 이붕수가 지휘하는 유격연대였다.

이붕수는 행주산성에서 치열한 접전이 펼쳐지는 동안, 유격연대를 지휘해 왜군 본대로 향하는 보급부대를 기습해 성과를 올렸다.

보급부대가 기습당한 왜군은 당연히 곤란에 처했다.

하루는 이붕수가 지달원, 최배천 등이 모인 회의석상에서 천명했다.

"보급을 받지 못한 왜군은 단 시일 내에 승부를 보려할 것이네. 그러니 우리는 왜군이 승부를 보려할 때를 노려 기습해야 하네."

이붕수의 예측은 정확히 맞아 떨어졌다.

회전이 벌어진지 삼일 째 되는 아침.

왜군 총대장 우키타 히데이에가 직접 공격을 지휘하기 시작했다.

다행히 오전에 벌어진 전투에서는 조선군이 압승을 거뒀다.

문제는 그 다음이었다.

오전의 패배로 손실을 본 왜군은 사기가 꺾여 후퇴할 거라 보았다.

한데 왜군은 오히려 총공세로 나와 행주산성을 맹렬히 들이쳤다.

그리고 왜군의 작전은 성과를 거둬 3연대장 고언백, 본부연대장 이의호 등 근위사단의 주요 장수들이 전사하는 대위기에 봉착했다.

더구나 왜군은 두 번째 방책마저 돌파해 내성점령이 눈앞이었다.

내성에는 세자가 있으니 점령당하면 이번 전쟁은 끝이다.

이봉수는 비장한 표정으로 최배천과 지달원을 불렀다.

최배천과 지달원은 경성에서 이봉수와 함께 거병한 의병장출신으로 지금은 유격연대의 부장을 같이 맡아 대장 이봉수를 보좌했다.

급히 들어온 두 사람에 이봉수가 선언했다.

"우리가 죽을 차례가 온 거 같네."

사태의 심각성을 아는 최배천과 지달원은 굳은 표정으로 대답했다.

"동감입니다."

"이의 없습니다."

"그럼 시기를 놓쳐 그게 천추의 한으로 남기 전에 어서 서두르세."

이심전심이 된 세 사람은 유격연대 병력을 세 방향으로 나누어 왜군 본대를 향해 짓쳐갔는데 그야말로 죽음을 각오한 일전이었다.

본대를 수비하던 왜군은 유격연대가 전처럼 도발해오는지 알았다.

유격연대는 본대를 기습할 거처럼 횃불을 든 채 근처를 뛰어다니거나, 꽹과리, 징 등을 밤 새 쳐서 잠을 이루지 못하게 만들었다.

이번 역시 그럴 거라 짐작했는데 그게 실착이었다.

유격연대는 바로 본대의 수비 병력을 돌파해 안 깊숙이 들어갔다.

그 중 이붕수의 활약은 눈부셨다.

이름 난 왜장 몇 명이 그의 손에 유명을 달리했다.

그러나 중과부적이었다.

이붕수는 수많은 왜군에게 둘러싸여 결국 장렬한 최후를 맞았다.

이붕수가 전사한 후 지달원과 최배천은 병력을 수습해 퇴각했다.

병력 대부분이 행주산성 공격에 참여해 추격은 하지 않았다.

유격연대가 왜군 본대를 전격적으로 기습한 작전이 효과를 발휘했는지 내성 앞에서 항왜연대, 그리고 정기룡의 결사조에 시간을 다소 지체한 타치바나 무네시게는 부하들에게 퇴각을 명령했다.

유격연대가 아니라, 더 많은 병력이 왜군 본대를 기습할 경우, 치료를 받는 우키타 히데이에를 비롯해 왜군의 주요 영주들의 신상이 위험해져 더 이상 행주산성을 공격할 여유나, 시간이 없었다.

타치바나 무네시게가 후퇴하며 시마즈 요시히로 등 행주산성 공격에 참여했던 다른 영주들 역시 부대를 물려 회전은 마침내 끝났다.

이혼은 권응수를 불렀다.

"병사들이 많이 지쳤소?"

"아닙니다. 더 싸울 수 있습니다."

"그럼 퇴각하는 왜군을 공격하시오."

"예, 저하."

권응수는 내성에 돌아와 배불리 먹이를 먹은 군마 위에 몸을 실었다.

다른 병사들 역시 자기 군마에 올라 무기를 들었다.

기병연대는 보병전투에도 능하지만 그들의 장기는 기병전투였다.

이제야말로 실력 발휘할 절호의 기회가 온 것이다.

산하에 붉은 노을이 지기 시작할 무렵.

"가자!"

고함을 지른 권응수가 말배를 걷어찼다.

길이 잘 든 권응수의 군마는 나무 그루터기가 듬성듬성 나있는 거친 능선을 두려워하는 빛 없이 바람처럼 달려 내려가기 시작했다.

그리고 그 뒤를 2천의 기병이 따르니 말발굽소리가 진동했다.

오래지 않아 퇴각하는 왜군의 후미가 보였다.

능선 세 곳을 동시에 공격한 왜군은 가운데 능선 앞에서 합류하여 본대로 퇴각하는 중이었는데 부상병과 노병이 후미에 쳐졌다.

권응수는 동개활을 뽑아 왜군의 등을 겨누었다.

쉬익!

허공을 가른 화살이 왜군의 등을 정확히 꿰뚫었다.

권응수의 모습을 본 다른 기병연대 병사들 역시 제각기 활을 쏘았다.

수백 발의 화살이 날아가 왜군 후미를 두들겼다.

권응수는 화살 통의 화살이 비기 전까지 계속해서 활을 발사했다.

화살은 백발백중이었다.

화살이 내는 경쾌한 파공음이 울릴 때마다 왜군이 뒤로 넘어갔다.

화살에 맞아도 부상으로 그치는 경우가 많았다.

그러나 뒤이어 달려온 기병연대의 말발굽에 짓밟혀 살아남지 못했다.

"이랴!"

왜군 후미를 박살낸 권응수는 연신 말배를 걷어찼다.

이미 전력을 다해 달리는 중이었는지 군마의 입에 흰 거품이 흘렀다.

3, 4리를 정신없이 달렸을 무렵.

도보로 이동하는 왜군 중군이 마침내 모습을 드러냈다.

권응수는 안장에 끼워둔 단창을 뽑아 왜군 중군을 향해 덮쳐갔다.

왜군 역시 이대로 당할 생각은 없는 듯했다.

후미에 있던 병력이 돌아서며 장창으로 기병연대를 막으려하였다.

권응수는 단창 대신, 허리춤에 끼워둔 죽폭을 꺼냈다.

"먼저 방어선을 깨야한다! 모두 죽폭을 던져라!"

소리친 권응수는 안장에 설치해놓은 부싯돌과 부시 사이에 심지를 끼워 넣은 후 부싯돌을 힘으로 눌러 죽폭 심지에 불을 붙였다.

매캐한 화약 내음이 코를 찔렀다.

염초에 절여놓은 심지에 불이 붙어 화약 냄새가 강하게 풍긴 것이다.

전에는 맡기 싫은 냄새였다.

눈이나, 코가 매운 걸 떠나 냄새 그 자체가 싫었다.

그러나 지금은 오히려 화약 냄새가 더 강할수록 기분이 좋아졌다.

강한 화력을 앞세우는 이혼의 전술에 적응한 탓이다.

권응수는 심지가 다 타기 전에 얼른 왜군 머리 위에 던져버렸다.

퍼엉!

죽폭이 터지며 안에 든 쇳조각이 사방으로 튀어나갔다.

죽폭은 위력이 약해 바로 앞에서 터져도 즉사하는 경우가 적었다.

그 대신, 안에 든 쇳조각이 비산해 찔리면 출혈을 일으켰다.

최악의 경우, 눈이나, 대동맥처럼 인체의 급소에 박힐 수 있어 적을 전열에서 이탈하게 만드는 데 가장 효과적인 무기에 속했다.

죽폭 수십여 개가 날아가 왜군이 만든 장창 방책에 구멍을 뚫었다.

그 다음은 일사천리였다.

장창병이 쓰러진 곳으로 말을 몬 권응수가 편곤을 휘둘렀다.

도리깨처럼 생긴 편곤의 자편이 허공을 가를 때마다 피가 튀었다.

왜군 장창병 하나가 창으로 편곤을 막으려하였다.

그러나 편곤의 자편과 모편을 잇는 쇠사슬이 창대에 얽히는 순간.

자편이 빙글 돌아 왜군의 뒤통수를 후려쳤다.

꽈직!

자편에 정통으로 맞은 머리뼈가 부서지며 피가 분수처럼 쏟아졌다.

부러지는 게 아니라, 부서지는 위력이었다.

권응수와 그의 부하들은 왜군 중군을 휩쓸며 계속 돌파해 들어갔다.

이미 수백 명의 왜군이 기병연대에 당해 무릎을 꿇었다.

중군을 거의 돌파하려는 순간.

왜군 조총부대가 달려와 도열하더니 방아쇠를 당겼다.

탕탕탕!

조총의 총성이 어지럽게 울리며 기병연대 병사들이 바닥을 굴렀다.

주춤하는 부하들을 보며 권응수가 고래고래 소리를 질렀다.

"물러서지 마라! 놈들의 조총은 장전하는데 시간이 걸린다!"

권응수는 왜군의 신무기 조총을 깊이 연구해 그 장단점을 파악했다.

조총은 화살과 달리 쳐내는 일이 불가능할 만큼 빠르며 은밀했다.

총성이 들리는 순간, 누군가는 피를 뿜으며 쓰러졌다.

또, 30미터 안에서는 두꺼운 두정갑마저 관통할 만큼 힘이 좋았다.

그 대신, 장전에 많은 시간이 걸리며 명중확률이 떨어졌다.

권응수의 독려에 주춤하던 기병연대 병사들이 조총부대를 급습했다.

돌아서는 조총병 등에 편곤을 내려친 권응수는 거친 숨을 토해냈다.

행주산 능선에서 이곳까지 오는 동안 쉼 없이 움직여 많이 지쳤다.

그때, 와하는 함성소리가 들리더니 병사들이 나타났다.

피아를 구분하지 못해 긴장하던 권응수의 얼굴이 이내 밝게 펴졌다.

새로이 나타난 병사들의 정체는 근위사단 1연대와 5연대였다.

첫날부터 치열한 접전을 펼친 1연대와 5연대는 여전히 여력이 남았는지 걸어서 기병연대를 쫓아와 훌륭한 우군 역할을 해주었다.

그 뿐만이 아니었다.

오른쪽 능선에 있어 가장 가까운 거리에 있던 전라사단의 병력이 사단장 권율, 1연대장 황진 등의 지휘를 받아 모습을 드러냈다.

조선군은 서쪽, 동쪽, 그리고 남쪽에서 북쪽을 향해 몰아쳤다.

그야말로 삼면에서 노도와 같이 몰려가 적을 협공했다.

협공을 당한 왜군은 진채를 버려둔 채 동쪽으로 도망치기 시작했다.

행주산 동쪽에는 도성이 있었다.

왜군은 도성으로 도망쳐 장기전을 준비할 계획으로 보였다.

권응수는 지친 몸을 억지로 움직여 도성으로 도망치는 왜군의 뒤를 추격했는데 도중에 생각지 못한 일을 겪어 잠시 지체하였다.

도성에서 도망쳐 나온 조선 백성 수천 명이 앞을 가로막았던 것이다.

기병연대는 백성에게 길이 막혀 왜군을 쫓는 데 실패했다.

잠시 후, 1연대와 5연대, 전라사단이 차례대로 도착해 다시 전진을 시작했지만 시간을 지체해 왜군은 이미 도성으로 도망친 후였다.

도성 서쪽 홍제원에 도착한 조선군은 일단 진채를 내렸다.

그리고 바로 행주산성에 사람을 보내 이곳의 사정을 알렸다.

한편, 행주산성에 머무르던 이혼은 비보 하나를 더 접했다.

왜군 본대를 기습했던 유격연대장 이붕수가 전사했다는 소식이었다.

이혼은 이붕수의 시신을 잘 거둬서 행주산성으로 옮기도록 했다.

행주산은 전투가 벌어진 이래 국립묘지로 변해 있었다.

가족이 이장을 원하기 전에는 일단 행주산에 가매장할 계획이었다.

이붕수의 시신이 행주산성의 초입에 나타났을 무렵.

산성에 남아 있는 모든 병사와 백성이 나와 그의 시신을 맞이했다.

이붕수의 유격연대가 왜군 본대를 기습해주지 않았으면 왜군이 쉽게 물러서지 않았을 것임을 행주산성에 있는 모든 사람이 알았다.

살아남은 사람들은 그렇게 죽어간 사람들에게 빚을 진 셈이었다.

그 날 밤, 기병연대 전령이 행주산성을 찾았다.

"기병연대, 1연대, 5연대, 그리고 전라사단이 도성 서쪽 홍제원에 도착해 진채를 내렸으니 이후 행동에 대한 지시를 내려주십시오."

권응수의 보고를 받은 이혼은 바로 전령을 보내 명을 전했다.

"행주산성을 정리하는 대로 갈 것이니 그 동안은 진채를 굳게 지키며 도성에 진주한 왜군의 동태를 면밀히 감시하도록 하시오."

전령이 홍제원으로 출발한 후 이혼은 참모회의를 소집했다.

"전사한 고언백, 이의호, 이붕수를 포함한 장수 열두 명과 병사 천2백 명의 시신을 안장하는 일에 모두 힘을 합쳐주시기 바라오."

"예, 저하."

"그리고 부상병은 안전한 강화도 방면으로 옮겨 치료토록 하시오."

참모들이 일제히 머리를 숙이며 대답했다.

"예, 저하."

회의 말미에 정탁이 물었다.

"왜군의 전사자와 부상병은 어찌 하시겠습니까?"

"우선 물자가 부족하니 거둘 수 있는 전리품을 모두 거두어들이시오. 그리고 시신은 날이 밝는 대로 한데 모아 화장토록 하시오. 마지막으로 부상병 중에서 거동이 가능한 자들을 선별해 그들이 거동이 힘든 병자를 후송해 도성으로 갈 수 있도록 하시오."

"예, 저하."

회의 마지막은 인사참모의 차례였다.

"지휘관을 잃은 병사들의 사기나, 지휘체계 확립을 위해서는 비어있는 주요 보직을 빨리 결정해서 발표하는 게 좋을 거 같습니다."

인사참모의 제안이 이혼은 썩 내키지 않았다.

그들이 죽은 지 하루가 다 지나기도 전에 그들의 자리에 새로운 사람을 앉히자니 죽은 이들을 존중하지 않는 듯한 느낌을 받았다.

이혼의 심사를 누구보다 빨리 파악한 정탁이 조심스레 입을 열었다.

"죽은 이를 기리는 일은 응당 살아남은 자의 몫입니다. 그러나 지금은 전시이니 잠시 미루더라도 크게 어긋나는 일은 아닐 겁니다."

이원익의 생각 역시 정탁과 다르지 않았다.

"죽은 이를 기리는 일은 평생 해야 할 일이지 짧은 시간 안에 끝날 게 아닙니다. 앞으로 기릴 시간은 많으니 그렇게 하십시오."

"알겠소. 그럼 참모회의에서 후보를 추려 보고토록 하시오."

얼마 후, 참모회의에서 후보를 정해 명단을 가져왔다.

이혼은 적임자를 골라 정식으로 임명했다.

먼저 이붕수의 자리에는 유격연대의 부연대장 최배천을, 그리고 3연대장 고언백 자리에는 병사들의 신망이 두터운 조경(趙儆)을 임명했으며 마지막으로 본부연대장 자리에는 정기룡을 임명했다.

그 날 새벽, 이혼은 시신을 가매장한 묘지를 찾았다.

이름과 고향이 적혀 있는 묘비를 찬찬히 둘러보던 이혼은 한 묘비 앞에서 걸음을 멈추었는데 바로 본부연대장 이의호의 무덤이었다.

이혼은 가져온 떡을 묘비 앞에 놓았다.

그리고 무덤에는 술을 조금 뿌려주었다.

술과 떡은 근처 고을 백성들이 승전을 축하하며 진상한 음식이었다.

우두커니 서서 한참동안 묘비를 바라보던 이혼은 두 눈을 감았다.

'이렇게 차가운 시신으로 만나게 될 줄은 전혀 예상하지 못했습니다.'

눈을 뜬 이혼은 중천에 뜬 초승달을 물끄러미 바라보았다.

'오늘 아침에 그대에게 하려던 말을 지금이라도 해야겠습니다. 부족한 나를 보살피느라 고생이 많았습니다. 다음 세상은 전쟁 없는 평화로운 세상에서 태어나 못 다한 꿈 이루기 바랍니다……'

그때, 허준이 다가와 외투를 입혀주었다.

"저하, 날이 차옵니다. 오늘은 일찍 주무시지요."

"잠이 올지 모르겠소."

"대승을 거둔 날입니다. 이런 날 만이라도 숙면을 취하셔야합니다."

이혼은 고개를 한 번 저었다.

"모르겠소."

"그게 무슨 말씀이십니까?"

"우리가 이긴 건지, 패한 건지 이제는 헷갈릴 때 많소……"

대답하는 이혼의 시선은 수천 개의 묘비를 향해 있었다.

차가운 달빛 아래 누군가의 아버지이며, 누군가의 아들, 그리고 죽어서도 어머니의 품을 잊지 못할 수천이 생령이 잠들어 있었다.

7장. 내부의 적

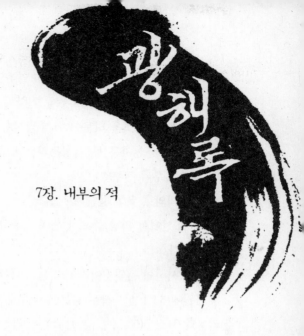

## 7장. 내부의 적

　행주산성의 일을 마무리 지은 이혼은 진채를 뽑아 홍제
원을 찾았다.

　홍제원에는 기병연대, 1연대, 5연대, 그리고 전라사단이
진채를 세워 도성에 틀어박힌 왜군의 동향을 면밀하게 감
시 중에 있었다.

　권율, 권응수, 유경천 등의 마중을 받으며 홍제원에 도
착한 이혼은 유경천이 세워놓은 감시 망루에 올라가 시선
을 동쪽으로 돌렸다.

　비가 올 거처럼 찌푸린 하늘 밑으로 도성 성벽이 모습을
드러냈다.

　이혼은 당연히 완전한 도성의 모습을 처음 보았다.

지금 서울에는 도성의 흔적이 거의 남아있지 않았다.

일제강점기시절, 일본은 교통을 원활하게 만든다는 명목 하에 도성의 성벽을 허물어 현재 남아있는 조선시대 도성은 숭례문, 흥인지문 등의 성문과 도로를 내지 않은 북쪽의 성벽 일부가 전부였다.

성벽은 의외로 무척 단단해보였다.

아니, 조선에서 가장 중요한 성이니 튼튼하게 건설하는 게 당연했다.

이혼의 시선이 돈의문이라 불리는 서대문을 찾았다.

홍제원에서 가장 가까운 서문은 사대문 중 서쪽에 있는 돈의문과 사소문(四小門) 중 서북쪽에 위치한 창의문(彰義門) 두 개였다.

이혼은 망루로 포병연대장 장산호를 불렀다.

지자총통으로 만든 소룡포와 화차 등을 무기로 사용하는 포병연대는 가장 늦게 행주산을 출발해 방금 전에야 간신히 도착했다.

"찾아계시옵니까?"

"용란은 얼마나 남았는가?"

"100여 발이 남았사옵니다."

밤을 새워가며 만든 300발의 용란 중 200발을 행주산에서 소비했다.

"알겠네."

이혼은 100발의 용란으로 도성의 성벽을 부수는 게 가능할지 생각해보았는데 한 지점을 집중적으로 노린다면 얼추 가능할 거 같았다.

계획을 세운 이혼은 강문우를 불렀다.

"도성 안을 탐지해보았는가?"

"예, 저하."

"어떠하던가?"

"행주산에서 대패한 후 전열을 추스르느라 정신이 없어 보였습니다."

이혼은 가장 중요한 질문을 던졌다.

"숫자는 얼마나 되던가?"

"1만에서 1만5천으로 보였습니다."

왜군이 행주산에 동원한 병력이 4만이었으니 그야말로 대패였다.

1만5천은 현재 홍제원에 모인 조선군의 숫자와 비슷했다.

조선군은 화력에서 앞서는 한편, 왜군은 농성이라는 장점이 있었다.

'농성하는 적을 이기려면 최소 1.5배에서 2배의 병력이 필요하다.'

이혼의 고민은 다음 날 아침 해결되었다.

동변방어사(東邊防禦使) 이일(李鎰)과 전 공주목사 허욱

(許頊) 등이 흩어진 관군 3천을 수습해 홍제원에 있는 조선군에 합류해왔다.

이일은 동북면에서 전공을 쌓은 육군 장수로 임진왜란 초기에 왜군을 막으러 급히 내려갔다가 적의 빠른 기동에 당해 퇴각했다.

현재 조선의 군제는 제승방략(制勝方略)이었다.

조선 초기에 만든 진관체제(鎭管體制)는 문제점이 많았는데 16세기 초, 삼포왜란(三浦倭亂)을 겪으며 제승방략으로 군제를 바꿨다.

진관체제는 일종의 지역방어 개념으로 전략적 요충지에 군영을 세워 그 곳으로 쳐들어오는 외적을 방어하는 형태의 군사제도였다.

4군6진이 대표적인 진관체제였다.

한데 진관체제에는 단점이 있었다.

군역의 문란으로 병영은 있지만 병력이 없는 경우가 많았다.

또, 군영을 소규모로 운영하다보니 대군이 쳐들어왔을 때 각개격파당해 효과적으로 대응하기 쉽지 않다는 점이 단점으로 작용했다.

이에 조정은 진관체제를 제승방략으로 바꾸었다.

제승방략은 각 군영에 속해 있는 장수와 병사들이 유사시에 미리 약조한 지점으로 이동해 집결을 마치면 도성에서 지휘할 장수가 내려가 모여 있는 군대를 지휘해 외적을 막는다는 개념이었다.

왜전 초기, 신립과 함께 조선의 대표 장수로 꼽히던 이일은 대구에서 왜의 진격을 막는다는 계획에 따라 급히 경상도로 내려갔다.

그러나 왜군의 진격속도가 생각보다 빨라 이일이 도착했을 때는 이미 왜군이 코앞에 도착한 상황이었으며 설상가상으로 상주에 집결한 조선군마저 흩어져버려 상주전투에서 고니시군에 패했다.

상주전투에서 패한 이일은 급히 충주로 도망쳐 신립과 합류했다.

그런 신립이 탄금대전투에서 배수진을 쳤다가 패하는 바람에 이일은 다시 도망쳐 경기도와 평양 등지에 머물며 관군을 수습했다.

이일이 수습한 관군은 경기도에서 흩어진 관군이었다.

이혼은 이일을 만나 몇 가지 물어본 후 휴식을 취하도록 하였다.

다음 날, 이번에는 홍계남(洪季男), 우성전(禹性傳) 등이 경기도 각 지역에서 모집한 의병 5천 명과 당도해 이혼의 점고를 받았다.

이혼은 관군과 의병의 노고를 침이 마르게 치하한 후 바로 경기사단(京畿師團)을 창설했는데 사단장에는 방어사

이일을 임명했다.

그리고 1연대장에는 허욱, 2연대장에는 홍계남, 3연대장에는 우성전 등을 각각 임명해 근위사단과 같은 체계를 갖추도록 하였다.

이혼은 경기사단의 훈련을 감독하며 계속해서 도성의 형세를 살폈다.

행주대첩(幸州大捷)의 영향인지 왜군은 움직임이 없었다.

다시 이틀이 지났을 무렵.

이혼은 마침내 도성수복에 나서기로 천명했다.

주공은 근위사단, 좌익은 경기사단, 우익은 전라사단이 맡기로 하였는데 근 2만에 이르는 병력으로 소룡포를 지원 할 계획이었다.

10월 초, 이혼은 기영도가 가져온 말에 올라 외쳤다.

"전군은 내 신호에 따라 공격을 개시하라! 먼저 포병연대가 돈의문에 포격을 가해 성문이나, 성벽을 무너트린 후 돌격할 것이다!"

제법 장수다운 티를 내는 이혼의 명에 모두들 투지를 끌어올렸다.

왜군에게 빼앗긴지 근 넉 달 만에 도성을 수복할 절호의 기회였다.

도성의 수복은 상징적인 의미가 컸다.

대궐과 조정의 관청이 모여 있는 도성을 수복한다는 말은 밀리던 전황을 전환하다는 의미와 함께 왜군에게 충격을 줄 수 있었다.

또, 평양의 고니시군을 남과 북 양쪽에서 압박할 수가 있었으며 함경도와 전라도의 연결을 공고히 하여 반격의 준비가 가능했다.

이혼이 출병을 명하려는 순간.

강화도 방면에서 일단의 군마가 먼지를 일으키며 달려왔다.

강화도는 왜군이 점령하지 않은 지역이어서 왜군일 확률은 낮았다.

그러나 만사불여튼튼이라는 생각에 대응에 나서려는데 군마의 정체는 왜군이 아니라, 의주 행재소에서 이혼을 찾아온 군신이었다.

이혼은 말에서 내려 직접 맞았다.

어느새 옆으로 다가온 허준이 속삭였다.

"좌의정 윤두수(尹斗壽)대감입니다."

허준의 말처럼 꼬장꼬장한 인상의 중신이 앞으로 나와 인사했다.

"좌의정 윤두수이옵니다."

"오랜만이오."

"무탈하신 모습을 보니 마음이 놓이옵니다."

"의주 행재소에서 전하를 모시는 줄 알았는데 여긴 어인 일이시오?"

윤두수는 기치를 펄럭이는 근위사단 정병을 둘러보다가 대답했다.

"주상전하의 교지를 가져왔습니다."

"일단, 안으로 들어갑시다."

이혼은 윤두수를 자기 군막에 데려갔다.

윤두수가 감탄한 표정이었다.

"근위사단의 명성은 익히 들어왔는데 오히려 소문이 실제에 미치지 못하는 듯 보였습니다. 실로 홍복(洪福)이 아닐 수 없습니다."

"의주는 요즘 어떻소?"

"명에서 원병을 오기로 하여 그 준비에 박차를 가하는 중입니다."

"다행이오. 이제 시작합시다."

입을 다문 이혼은 윤두수 앞에 두 무릎을 꿇었다.

윤두수 역시 바로 선조의 교지를 꺼내 대독(代讀)했다.

"동궁은 보아라. 네 활약은 정탁의 장계를 통해 익히 들어왔다. 이 먼 의주에서조차 가는 곳마다 동궁의 이야기를 하니 아비로서, 그리고 일국의 군주로서 참으로 기쁘기 한량없는 바이다. 이제 명나라에서 원병을 보내준다 하니 왜적을 우리의 강토에서 몰아낼 날이 머지않았음을 의미할 것이다. 그러나 의주는 물자가 부족해 명군을 대접할 방도가 마땅치 않으니 동궁의 도움이 시급하다. 동궁이 남쪽에서 할 일이 많다는 건 알지만 속히 의주로 환도하여 곧 도착할 명군을 지원하는 임무를 맡도록 하라."

교지는 그렇게 끝이 났다.

이혼은 일그러지는 표정을 애써 담담하게 만들려 노력했다.

'도성수복이 코앞인데 의주로 돌아오라니.'

이혼의 머릿속은 실타래가 엉킨 거처럼 복잡하게 변했다.

'선조의 명에 따라 의주로 당장 가야하나? 아니면 우선 도성을 수복한 연후에 선조의 명을 따르는 게 좋을까? 이런 기회는 좀처럼 오기 어려운데 고민이군. 하필 선조의 교지가 지금 내려오다니.'

이혼은 이번 전쟁을 끝내는 게 쉽지 않을 거라 예상했다.

그러나 외부의 적이 아니라, 내부의 적이 더 문제일 줄은 몰랐다.

이혼의 표정을 유심히 살피던 윤두수가 교지를 접어 건넸다.

"받으시지요."

이혼은 그가 건넨 교지를 받으며 물었다.

"전하께서는 바로 오라 하셨소?"

"예, 저하. 교지를 받는 즉시 의주에 돌아와 보좌하라 하셨습니다."

"명군은 언제 도착하오?"

"요동에 집결하는 중이니 올 겨울이 지나기 전에는 도착할 겁니다."

이혼은 의자에 앉으며 물었다.

"내가 지금 무얼 하려는지 아시오?"

"오면서 풍문에 듣기론 도성을 수복하려하신다는 말을 들었습니다."

"앉으시오."

"예, 저하."

이혼은 정말수가 내온 의자에 윤두수가 앉기 무섭게 다시 물었다.

"지금 전하의 명을 따르자면 도성을 수복할 절호의 기회를 놓칠 것이오. 도성을 수복해 전하와 중전마마를 대궐로 하루 빨리 모시는 게 충이며 동시에 효이니 이를 전하께 설명해줄 수 있겠소?"

윤두수의 얼굴은 여전히 담담했다.

그러나 입에서 나오는 말은 전혀 딴판이었다.

"전하의 명을 따르지 않는 것이 어찌 충이 될 수 있겠습니까? 그리고 부친의 명을 쫓지 않는 일을 어찌 효라 부를

222  3

수 있겠습니까?"

이혼은 미간을 살짝 찌푸렸다.

기분이 좋지 않을 때 나오는 버릇이었다.

고치려 노력은 해보았으나 고쳐지면 그게 버릇이겠는
가.

"전하께서 교지를 작성하실 때는 이러한 상황을 몰랐을
것이오. 그러니 좌상대감이 나대신 이를 고해줄 수 있을
거라 생각하오."

좌우를 살짝 둘러본 윤두수가 음성을 갑자기 낮췄다.

"전하의 엄명이 계셨습니다."

"전하께서 왜 나에게 엄명을 내리신다는 말이오?"

"전하께서 군대를 마음대로 재편하신 일과 임해군, 순
화군 두 왕자마마를 회령에서 감금한 일을 보고받으신 후
대노하신 듯합니다."

"정탁대감이 올린 장계에 이유가 소상히 적혀 있지 않
았소?"

윤두수는 고개를 저었다.

"정탁의 장계는 저하를 대변하거나, 보호하기 위한 용
도라 생각하시는 듯합니다. 실제로 도원수 김명원, 충청감
사 윤선각, 충청방어사 이옥 등이 장계로 세자저하의 전횡
(專橫)을 보고했습니다."

이혼은 생각보다 일이 심각하다는 걸 깨달았다.

'선조가 나를 의심하는구나.'

졸지에 찬물을 쓴 기분이었다.

지금은 전시였다.

능력을 인정받으면 고속승진이 가능했다.

반대로 임금에게 찍히면 날개 없는 추락을 불러올 수 있
었다.

더구나 선조에게는 왕자가 많았다.

전횡한다는 핑계로 광해군을 폐한 후 왕자들 중 하나를
다시 세자로 책봉하지 말란 법이 없어 이혼의 입지가 불안
정한 상황이었다.

평시였다면 세자를 폐하는 일이 반대에 부딪쳤을지 모
른다.

그러나 전시에는 무슨 일이 벌어질지 아무도 몰랐다.

반대 따위는 상황의 급함을 이유로 들어 무시가 가능했
다.

어심을 잃으면 지금껏 쌓아온 공적과 지위가 물거품이
되는 것이다.

그리고 이혼은 윤두수가 직접 온 일이 마음에 걸렸다.

윤두수는 현 좌의정으로 옆에서 선조를 보필해야 맞았
다.

한데 그런 윤두수가 내려온 게 선조의 경고처럼 느껴져
꺼림칙했다.

분조를 이끄는 세자에게 교지를 전하는 일은 지방의 관찰사나, 병사에게 보내는 거처럼 선전관 중 한 명을 골라 보낼 순 없었다.

세자에게는 세자에 맞는 형식과 절차가 필요한 것이다.

그렇다고 좌의정을 보내는 건 형식을 넘어선 너무 과한 절차였다.

윤두수는 의주에서 뱃길로 남하해 강화도에서 도성으로 올라왔는데 환갑에 가까운 노인을 위험한 전장에 보낸 걸 보면 선조의 경고이거나, 아니면 세자가 따르지 않을까봐 일부러 중량감 있는 대신 중 하나를 골라 보낸 게 아닌가 하는 의구심이 문득 들었다.

윤두수를 옆 막사에서 기다리게 한 이혼은 측근을 소집했다.

정탁, 이원익, 허준, 그리고 한극함이 차례로 들어와 자리에 앉았다.

이혼은 그들에게 교지의 내용을 털어놓았다.

그리고 윤두수의 말을 덧붙였다.

한참만에야 정탁이 입을 열었다.

"지금 주상전하의 신뢰를 잃으면 안 됩니다. 부자사이는 물론이거니와 조선 역시 큰 상처를 입어 왜군에 대항할 힘을 잃을 겁니다."

이혼은 정탁의 말을 음미하듯 잠시 생각하다가 이원익에게 물었다.

"군율참모의 생각은 어떻소?"

"좌상대감의 의견대로 지금 바로 출발해야합니다. 저하께 다른 마음이 없다는 사실을 이 기회를 빌려 확실히 천명해야할 겁니다."

한극함과 허준은 별다른 의견이 없었다.

한극함은 무신, 허준은 의원이었으니 정치적인 일에는 약점을 보였다.

참모의 의견을 들어본 이혼은 의주로 돌아가기로 하였다.

먼저 전라사단장 권율을 불러 전주성에 돌아가 충청사단과 협력해 수복한 지역을 방어하도록 했으며 그 다음에는 경기사단장 이일을 불러 행주산과 강화도를 연결해 유격전에 나서도록 하였다.

이혼은 혹시 몰라 한 번 더 당부했다.

"근위사단이 떠난 걸 알면 행주산성에서의 일을 복수하기 위해 왜군이 강공으로 나올 수 있으니 절대 정면 대결하는 일은 없어야할 것이오. 그리고 도성에 대한 공격은 잠시 중단하도록 하시오. 도성수복은 내가 빠른 시일 내에 돌아와서 다시 이끌 것이오."

"예, 저하."

光海錄 3

이혼은 홍제원에 마지막까지 남아 강을 건너 남쪽으로 내려가는 전라사단과 강화도방면으로 후퇴하는 경기사단 뒤를 지켜주었다.

전사사단과 경기사단이 차례대로 떠난 후 이혼은 진채를 뽑았다.

"왜군이 후위를 공격해올 수 있으니 5연대와 1연대가 뒤에 남아 왜군을 경계토록 하시오. 출발하는 순서는 2연대, 3연대 순이오."

잠시 후, 근위사단은 2연대, 3연대를 시작으로 기동하기 시작했다.

그리고 3연대 뒤를 본부연대와 포병연대가 따랐으며 마지막까지 홍제원에 남아 왜군의 추격을 감시하던 5연대가 그 뒤를 따랐다.

본대가 안전한 지역에 이르렀을 무렵.

1연대장 유경천은 말에 올라 본부대대장에게 물었다.

"군막이나, 취사도구는 모두 챙겼는가?"

"예, 장군."

"기치와 무기 역시 빼놓지 말아야할 것이네."

"모두 확인했습니다."

"그럼 본부연대, 1대대, 2대대, 3대대, 5대대 순으로 퇴각을 시작해라."

"장군님은 언제 퇴각할 계획이십니까?"

"나는 5대대와 함께 마지막으로 홍제원을 빠져나가겠다."

"알겠습니다."

유경천은 노련한 장수였다.

퇴각하는데 있어 추호의 빈틈을 보이지 않아 왜군 추격을 뿌리쳤다.

그리고 약속한 대로 유경천 자신은 5대대와 함께 마지막에 떠났다.

1연대마저 출발한 후 속도를 높인 근위사단은 길을 서둘렀다.

평양에는 왜군이 있어 동쪽으로 우회한 근위사단은 대동강과 청천강을 지나는 고된 행군 끝에 마침내 목적했던 의주에 도착했다.

의주는 평안도에서 평양 다음으로 큰 도시였다.

압록강 서쪽 끝에 위치해 있는 이 의주는 예로부터 중국으로 가는 관문에 해당해 밀무역과 같은 상업이 발전했으며 사신 행렬이 자주 오가 다른 지방 도시들에 비해 문물이 상당히 발전해 있었다.

지금 의주는 전보다 더 중요한 의미를 지녔다.

조선의 임금 선조가 이 의주에 피난 와 있는 것이다.

왜군이 20일 만에 도성을 점령할 만큼 빠른 속도로 진격해오자 이에 놀란 선조는 급히 의주로 몽진해 이곳에서 명에 망명을 청했다.

이에 명 조정은 급히 관원을 보내 조선의 상황을 파악하는 한편, 선조가 보낸 사신의 보고가 모두 맞는지 직접 확인하려 하였다.

명 조정은 왜국이 20만에 가까운 대규모 정규군을 한반도지역에 상륙시켜 전면전에 나설 거라고는 전혀 짐작하지 못한 것이다.

조선의 사신과 명의 사신이 의주와 요동을 바삐 오가는 사이.

선조는 의주에 발이 묶여 버렸다.

고니시 유키나카의 왜군이 평양성을 막 점령했을 때 마음이 급해진 선조는 스무 차례가 넘는 망명요청을 명 조정에 거듭 하였다.

그러나 명 조정은 이를 받아들이지 않았다.

불과 한 달이 채 지나기도 전에 조선의 임금이 도성을 버린 채 몽진한 일에 의구심을 품어 선조를 왜국의 첩자라 의심한 것이다.

의심은 다행히 조선에 들어온 명나라 사신들을 통해 그 자세한 정보가 알려지며 풀렸으나 여전히 명 조정은 망명을 거부하였다.

선조는 애가 탔으나 상황은 일단 진정 국면에 들어갔다.

이순신의 전라도 수군과 권율의 육군, 곽재우 등의 의병이 삼남에서 크게 활약한 덕분에 왜군이 평양성에서 발이 묶여 버린 것이다.

의주에 도착한 세자 이혼을 급히 마중 나온 사람은 평안도 도체찰사(都體察使) 유성룡(柳成龍), 예조판서 윤근수(尹根壽), 형조판서 이항복(李恒福) 등으로 이름을 들어본 대신들이 수두룩했다.

특히 유성룡은 단연 눈에 띄었다.

청수한 인상에 탐스런 수염을 길렀으며 눈에서는 정광이 번득였다.

다만, 마음고생인지, 몸 고생인지 모를 피곤으로 다소 초췌해보였다.

왜국에서는 유성룡을 가리켜 전시재상(戰時宰相)이라 했는데 그 말이 어울릴 만큼 임진왜란 극복에 있어 가장 큰 역할을 담당했다.

유성룡 뒤에는 예조판서 윤근수가 있었다.

예조판서 윤근수는 좌의정 윤두수의 동생이었는데 형과 같이 정철의 실각에 연루된 서인의 영수로 지금은 복직되어 예조를 맡았다.

윤근수 옆에는 이항복이 있었다.

훗날 공을 인정받아 오성부원군(鰲城府院君)을 책봉 받은 이항복은 지금 청원사(請援使)로 명나라에 있는 한음

(漢陰) 이덕형(李德馨)과 함께 오성과 한음이라는 명칭으로 후세에 그 이름을 알렸다.

대신들은 말에서 내리는 이혼을 보며 크게 놀란 표정이었다.

영변 약산산성에서 어가와 헤어질 때는 병약한 모습이었다.

실제로 약산산상에서 독한 고뿔이 걸려 꼴이 말아 아니었다.

한데 불과 넉 달 만에 다시 만난 세자의 모습은 전혀 딴 사람 같았다.

햇볕에 탄 구리 빛 얼굴은 생동감이 넘쳤다.

또, 몸에는 근육이 붙어 있었으며 눈은 별처럼 반짝였다.

가히 일국의 세자라 칭해도 전혀 부족할 게 없는 모습이었다.

사실, 넉 달은 한 사람이 성장하기에 그리 길지 않은 시간이었다.

그러나 전시에서의 넉 달은 달랐다.

전시에서의 넉 달은 솜털 가득한 청년을 한 사람의 사내로 만들기 충분한 시간이었다. 그리고 이혼은 그걸 직접 증명해보였다.

말고삐를 기영도에게 건넨 이혼은 대신들 앞에 우뚝 섰다.

그제야 실책을 깨달은 대신들은 앞 다투어 절을 올렸다.

"신들이 세자저하를 뵈옵니다!"

"일어나시오."

허락을 받은 대신들은 자리에서 일어나 그 앞에 공손히 시립했다.

"유래 없는 국난을 맞이하여 경황이 없을 텐데도 다들 잘해주었소."

"황송하옵니다."

"국난 극복의 길이 멀지 않았으니 지금이야말로 힘을 합쳐 싸울 때요. 경들의 어깨에 조선의 운명과 백성들의 안위가 걸려 있소."

대신들의 노고를 일일이 치하한 이혼은 고개를 돌리다가 멈칫했다.

길에서 그리 멀지 않은 나무 아래 내관 복장을 한 사람이 살짝 보였는데 그 역시 이혼을 보았는지 나무 뒤로 급히 몸을 감추었다.

'나를 감시하는구나.'

이혼은 안내를 받아 의주목사(義州牧使)의 아사(衙舍)로 걸어갔다.

전에는 의주부윤(義州府尹)이 머무르는 곳이었으나 지금은 선조가 머무는 동안, 행재소로 변모해 관원과 내관, 궁녀 등이 있었다.

"이쪽으로 가셔서 알현할 채비를 갖추시지요."

이혼은 유성룡의 안내로 비어있는 집에 들어가 옷을 갈아입었다.

그 동안 계속 전장에 있어 검은 철릭에 두정갑을 주로 착용했다.

당연히 휴식을 취할 때는 두정갑은 벗었다.

그러나 철릭은 절대 벗지 않았다.

언제 전투가 일어날지 모르는 탓이었다.

오랜만에 갑옷을 벗은 이혼은 궁녀의 도움을 받아 사조룡포(四爪龍袍)와 익선관(翼善冠), 그리고 요대와 신발 등을 새로 착용했다.

용포는 두 종류였다.

하나는 임금이 평시에 입는 용포였는데 양 어깨와 가슴에 발톱을 다섯 개 가진 용을 수놓아 흔히 오조룡포(五爪龍袍)라 불렀다.

세자 또한 국본의 자격으로 용포를 입는다.

하지만 임금과 같은 형태의 용포를 입지는 못했다.

그래서 용의 발톱이 하나가 적어 네 개만 있는 사조룡포를 입었다.

의관을 정제한 이혼은 상선(尙膳)의 안내를 받아 선조를 찾아갔다.

상선은 왕을 보좌하는 내시부(內侍府)의 수장이었다.

의주목사 안의 행낭을 걸어가던 이혼은 앞서가는 상선의 얼굴이 왠지 모르게 눈에 익는 느낌이 들어 슬며시 훔쳐보았는데 좀 전 나무 밑에서 그를 감시하던 내관의 얼굴과 똑같은 게 아닌가.

'역시 선조가 나를 감시하는군.'

이혼은 마음이 불안해져 걸음이 느려졌다.

그의 심정을 알 리 없는 상선은 눈빛으로 계속 재촉했다.

이혼의 곤욕은 거기서 끝나지 않았다.

선조가 머무르는 의주목사의 동헌에 도착했을 무렵.

섬돌 옆에 눈에 익은 두 사람이 나란히 서서 그를 기다렸다.

한 명은 이혼과 비슷한 또래였다.

그리고 그 옆에는 열두어 살 쯤 되어 보이는 어린 소년이 서있었다.

'아니?'

이혼은 한참만에야 그들이 누구인지 깨달았다.

그와 비슷한 또래의 청년은 바로 광해군의 동복형 임해군이었다.

가늘게 찢어진 눈과 피를 머금은 듯 붉은 입술은 여전했다.

임해군 옆에 있는 소년은 이복동생 순화군이었다.

엄마 치마폭에 쌓여 귀여움을 떨 나이지만 성격은 임해군, 정원군에 못지않아 벌써부터 악명을 조선 팔도 전체에 떨치는 중이다.

보자마자 두 사람의 이름을 떠올리지 못한 이유는 회령에서 두 사람을 만난 시간이 10여분에 지나지 않아 기억이 희미해진 탓이다.

회령성에 도착한 이혼은 두 왕자의 패악을 멈출 목적으로 임해군은 뇌옥에, 순화군은 가택에 연금시켜 회령전투 내내 갇혀 있었다.

두 왕자는 이혼을 잡아먹을 듯한 눈빛으로 쏘아보았다.

특히, 동복형 임해군은 이곳이 선조의 처소가 아니었으면 칼부림을 서슴지 않을 표정으로 노려보았는데 눈에서 독기가 흘러나왔다.

이혼은 미간을 찌푸린 채 두 사람을 잠시 바라보다가 계단을 올랐다.

이혼을 기다리던 상선이 고개를 돌리더니 안에 아뢰었다.

"상감마마, 동궁이 알현을 청하옵니다."

그러나 안에서는 대답이 없었다.

이혼을 힐끔 본 상선은 다시 목소리를 높여 아뢰었다.

"상감마마, 동궁이 알현을 청하온데 어찌 하오리까?"

그제야 안에서 쉰 목소리가 들려왔다.

"들라하여라."

"예, 마마."

닫힌 방문을 연 상선이 손으로 들어가라는 손짓을 해보였다.

상선을 일별(一瞥)한 이혼은 안으로 들어가 고개를 들었다.

퀴퀴한 냄새가 코를 찌르는 가운데 촛불 하나가 일렁이며 반짝였다.

이혼의 시선이 촛불 너머로 향했다.

얼굴에 살이 없어 다소 날카로워 보이는 인상의 중년인이 벽에 비스듬히 기대 앉아 있었는데 얇은 입 꼬리가 몇 차례 씰룩였다.

그가 바로 조선의 임금, 선조였다.

선조의 표정은 기괴했다.

창문을 가려놓아 방을 비추는 불빛은 작은 촛대 하나가 전부였다.

그 바람에 강퍅해 보이는 선조의 얼굴에 짙은 음영이 새겨졌는데 촛불의 붉은 불빛이 한데 어우러지며 기괴한 분위기를 풍겼다.

백성을 버린 채 의주로 몽진해온 자괴감인지, 아니면 단순히 오랫동안 피난한데서 오는 심신의 피로인지는 모르지만 초췌한 얼굴과 신경질적인 눈빛이 보는 사람으로 하여금 불안하게 만들었다.

이혼은 얼른 시선을 바닥으로 깔았다.

선조의 쏘아보는 듯한 시선을 감당할 자신이 없었다.

시선은 떨구었지만 그 대신 정수리를 바늘로 찔러오는 기분이었다.

넉 달 전, 이혼은 영변의 약산산성에서 선조의 어가와 헤어지기 직전, 장대같이 내리는 빗속에서 선조를 한 번 만난 적이 있었다.

그러나 그때는 워낙 경황이 없었던 데다 비마저 내려 자세히 볼 겨를이 없었는데 넉 달이 지난 후에야 비로소 정식으로 대면했다.

이혼은 허준에게 배운 대로 절을 올렸다.

선조가 부름을 받아 이곳 의주로 오는 동안, 이혼은 허준에게 왕실의 예법과 말투, 그리고 왕족의 개인신상에 대해 자세히 공부했다.

허준은 이혼과 함께 하기 전에 선조의 총애를 받던 어의였다.

당연히 어의는 선조와 중전, 후궁 등을 살필 기회가 많아 그들의 신상을 잘 알았는데 이혼으로서는 최고의 선생을 둔 셈이었다.

선조에 대한 허준의 솔직한 평이 긴장감을 더했다.

허준에 따르면 선조는 감정기복이 심해 비위를 맞추기 쉽지 않았다.

특히, 권력에 대한 집착이 강해 왕권에 도전하는 이는 살려두지 않으려 하니 선조를 대할 때는 이 점을 명심해야 한다 일러주었다.

절을 마친 이혼은 헝클어진 머릿속에서 급히 문장 하나를 찾았다.

"별래 무양하셨사옵니까?"

선조는 앉으라는 말도 하지 않은 채 계속 쏘아보았다.

한참만에야 선조의 입에서 마침내 쉰 목소리가 흘러나왔다.

"좋더냐?"

"어인 말씀이시옵니까?"

선조의 표정이 더 일그러졌다.

"왕 노릇을 해보니 좋았냐고 묻지 않느냐?"

"소자가 어찌 그런 불측한 생각을 품을 수 있겠사옵니까."

선조가 헛웃음을 터트렸다.

"허, 네가 감히 이 아비 앞에서 거짓을 고하려는 게냐?"

"소자는 영문을 모르겠사옵니다……."

선조는 대답이 채 끝나기 전에 말꼬리를 물며 질책했다.

"임해군과 순화군을 뇌옥에 가두어 고문한 이유가 무엇이냐?"

"임해군을 뇌옥에 가둔 건 맞지만 고문하지는 않았사옵니다. 그리고 순화군은 전투가 벌어지는 동안, 연금한 거에 불과하옵니다."

"이유가 무엇이냐?"

"두 왕자의 패악으로 인해 함경도 민심이 이반하여 다른 방법이 없었사옵니다. 두 왕자를 그대로 놔두었으면 오히려 함경도 백성들이 반란을 일으켜 두 왕자를 왜장에게 넘겼을 것이옵니다."

선조는 이혼의 입에서 그 말이 나오길 기다린 모양이었다.

"국경인을 아느냐?"

그제야 이혼은 아차 싶었다.

자신이 먼저 반란이라는 두 글자를 입에 담은 것이다.

이혼은 선조가 이미 다른 관원의 장계를 받아 알았던지, 아니면 자체조사를 통해 그에 대해 속속들이 파악했다는 사실을 깨달았다.

그런 선조를 속이는 일은 피해야했다.

성공 확률이 낮을뿐더러, 분노를 더 부채질하는 결과를 불러왔다.

이혼은 고개를 끄덕였다.

"토관진무 국경인은 소자가 만든 근위사단의 연대장입니다."

"국세필, 정말수, 김수량, 이언우, 함인수, 정석수 이 자들은 누구냐?"

"함경도의 토병들이옵니다."

"이 자들이 반란을 모의한 사실을 사전에 알았더냐?"

이혼은 피해갈 구멍이 없음을 절감했다.

"예, 아바마마."

선조의 얼굴에 엷은 미소가 번져갔다.

"한데 그런 자들을 부하로 받아주다니! 네게 역심이 있지 않고서야 이게 어디 가당키나 한 말이냐? 이 일은 어찌 설명할 셈이냐?"

선조의 추궁에 이혼은 등에 식은땀이 흐르는 걸 느꼈다.

그러나 이혼의 몸에 들어와 있는 사람은 어린 광해군이 아니었다.

그는 이미 자기 분야에서 일가를 이룬 사람이었다.

추궁에 지레 겁먹어 흉한 모습을 보이거나, 먼저 포기하지 않았다.

"국경인, 국세필 등이 반란을 모의한 사실은 있사옵니다."

"이제야 네가 순순히 털어놓는구나."

"그러나 임해군과 순화군의 폭정에 반발한 면이 있어 소자는 그들의 정상을 참작해야했습니다. 또한, 그들을 따르는 함경도 토병이 5천에 이르렀는데 이들의 인심을 얻지 못한다면 함경도가 왜장의 손에 들어가는 건 물론이거니와 조선 팔도에서 가장 강한 전력을 가진 함경도 토병부대를 전력에서 제외해야했사옵니다."

미소를 띠었던 선조의 얼굴이 다시 냉랭해졌다.

"토병부대를 장악한 연후에는 마땅히 반란을 모의한 역적의 무리를 포박해 의주로 압송하는 게 군신과 부자 사이의 마땅한 도리일 것이다. 한데 너는 그렇게 하지 않았다. 그 이유가 무엇이냐?"

"소자가 보았더니 토병은 나라와 왕실에 충성하지 않았습니다. 그들이 충성하는 대상은 옆에서 같이 싸운 전우입니다. 소자가 만약 토병의 우두머리들을 포박해 의주로 압송했다면 근위사단 안에서 반란이 일어나 소자 역시 목숨을 보전하기 어려웠을 겁니다."

이혼의 논리정연한 말에 선조의 얼굴이 얼음처럼 차가워졌다.

트집을 잡아보려 해도 토병의 습성을 알지 못하니 방법이 없었다.

선조의 목소리가 더 날카로워졌다.

"지방의 관원들이 과인에게 보낸 장계는 어떻게 변명할

생각이냐?"

"소자는 장계의 내용을 모르옵니다."

눈썹을 꿈틀한 선조가 책상 옆에 쌓아놓은 장계 중 몇 개를 던졌다.

"네가 직접 읽어보아라."

이혼은 눈앞에 펼쳐진 장계를 보며 눈 앞이 막막했다.

허준에게 한자를 읽는 법은 배웠으나 한문은 아직 익히지 못했다.

아는 단어를 조합해가며 간신히 해독을 마쳤을 무렵.

선조의 추궁이 이어졌다.

"장계의 말이 모두 사실이냐?"

이혼은 억울한 표정을 지었다.

"소자는 아바마마가 임명하신 관원을 마음대로 파직한 적 없사옵니다. 죄가 있는 자를 벌하는 일과 공이 있는 자를 상주는 일 모두 아바마마의 권한이기에 소자는 흘러가는 대로 두었사옵니다."

"그럼 장계에 적혀 있는 충청사단이니, 전라사단이니 하는 것들은 대체 무엇이냐? 과인이나, 조정 중신들과 전혀 상의 없이 네 마음대로 군제를 개편하는 짓은 어디서 배워먹은 버르장머리더냐?"

"관군과 의병이 물과 기름처럼 섞이지 못하기에 만든 미봉책이었사옵니다. 지금 왜적을 막아내는 두 개의 기둥이 관군과 의병인데 이 두 기둥이 서로 다툰다면 나라의 큰일이 아니겠사옵니까?"

선조는 속이 부르르 끓는 모습이었다.

이혼이 논리정연하게 반박하는 모습에서 더 분노를 느끼는 듯했다.

얼굴이 붉으락푸르락했던 선조는 한참만에야 입을 열었다.

"곧 명나라에서 원군이 올 테니 너는 그들을 접대할 계획을 세워라."

"알겠사옵니다."

"네가 데려온 그 근위사단인가 하는 병사들은 이곳 의주보다는 전장에서 쓸모가 더 있을 테니 당장 순안으로 보내 평양성의 왜군을 감시토록 해라. 지휘는 도원수 김명원에게 받도록 할 것이다."

이혼은 뒤통수를 한 대 얻어맞은 느낌이었다.

현재 이혼의 입지는 근위사단에서 나왔는데 그런 근위사단을 그에게서 빼앗아간다면 이혼의 입지는 더 이상 안심할 수 없게 되었다.

그렇다고 선조의 지시에 반발할 수는 없는 일이었다.

여기서 반발하면 근위사단을 이용하여 보위를 욕심내는 거처럼 비칠 가능성이 높아 억울해도 지금은 참는 수밖에 도리가 없었다.

"그리하겠사옵니다⋯⋯."

선조의 처소를 나온 이혼은 고개를 들어 하늘을 보았다.

꾸물거리는 날씨가 그의 심정을 대변하는 듯 보였다.

이혼은 선조의 명령이 떨어지기 전에 먼저 근위사단을 찾아갔다.

의주 남쪽 너른 들판에 진채를 세운 근위사단은 다음 명을 기다리는 중이었는데 이혼이 금방 돌아오자 모두 기뻐하며 모여들었다.

그러나 이혼은 그들에게 실망을 안겨주었다.

"근위사단은 순안으로 내려가 평양성을 감시해야하오."

참모장 한극함이 물었다.

"저하도 함께 가시는 겁니까?"

이혼은 씁쓸한 얼굴로 고개를 저었다.

"나는 명나라 원군을 접대해야 해서 같이 내려가지 못하오."

1연대장 유경천이 놀란 표정으로 물었다.

"그럼 누구의 지휘를 받게 되는 겁니까?"

"도원수 김명원이오."

그 말에 장수들의 얼굴이 일그러졌다.

도원수 김명원은 왜전 초기에 실책을 거듭해 신망을 잃었다.

더구나 공을 가로채거나, 부하의 전공보고를 묵살한 전력이 있어 관군, 의병 할 거 없이 도원수 김명원의 능력과 자질을 의심했다.

　한데 그런 김명원의 지휘를 받으라니 기분이 좋을 리 없었다.

　이혼은 장수들을 만나 일일이 위로했다.

　"머지않아 만나게 될 테니 그때까지 모두 건강하기를 기원하겠소."

　"저하도 무탈하시길 기원하겠습니다.

　이혼은 순안으로 내려가는 근위사단을 배웅했다.

　그러나 근위사단 전부가 내려간 건 아니었다.

　참모장 한극함이 순안에 도착하기 전까지 근위사단을 지휘하였는데 작전참모 정탁과 군율참모 이원익, 군의관 허준 등은 남았다.

　정탁, 이원익 두 사람은 근위사단의 참모로 합류하기 전에 조정의 주요 요직을 경험한 대신들이어서 의주에 남아 할 일이 많았다.

　그리고 허준 역시 어의로 다시 복귀했다.

　세 사람 외에 남은 사람들이 더 있었는데 병기과의 장인들이었다.

　순안에서는 물자가 충분하지 않아 무기를 제조하는 일이 어려웠다.

그래서 의주에 남아 근위사단 무기를 제조하기로 하였다.

이혼은 멀어지는 근위사단을 보며 그들의 무사안녕을 간절히 바랐다.

8장. 미래를 위한 연구

光海鏡

## 8장. 미래를 위한 연구

이혼의 처소는 의주목사가 아니라, 근처에 있는 민가로
정해졌다.

몇 년 동안 사람이 살지 않았는지 그가 도착했을 때에는
행재소에서 지원 나온 내관과 궁녀들이 청소하느라 분주
하게 움직였다.

이혼은 머물 거처를 둘러보았다.

어느 양반가가 몰락하기 전에 사용하던 고택이었다.

사랑채와 안채 구분이 명확해 넘어가려면 문을 두 개 지
나야했다.

사랑채는 바깥양반이 평소 생활하는 공간이었다.

그리고 안채에는 집의 안주인이 머무르며 집의 대소사

를 관장했다.

　조선의 왕실이나, 양반들은 주희가 정리한 성리학의 요체에 따라서 남녀의 구분이 명확했으며 평소 거주하는 공간 역시 구분했다.

　민가에 사랑채와 안채 구분이 있듯, 왕실 역시 창덕궁의 경우, 임금이 평소 생활하는 희정당과 중전이 머무르는 대조전의 구분이 명확해 동침하는 날이 아닌 이상에는 자기 공간을 잘 떠나지 않았다.

　이혼은 임금이 있는 의주목사 내아에서 제법 거리가 먼 이곳에 자신의 처소를 정해준 선조의 의도가 무언지 곰곰이 추리해보았다.

　'나를 견제하는 걸까? 아니면 단순히 꼴 보기 싫어서?'

　사실, 분조를 이끄는 세자는 의주에 있으면 안 되었다.

　왜군이 만약 이 의주까지 진주해온다면 조선의 왕과 세자가 한꺼번에 잡히는 사태가 발생해 전시에서는 왕과 세자가 멀리 떨어져 있는 게 왕실의 존속을 유지하는 가장 좋은 방법으로 꼽혔다.

　한데 선조는 그를 굳이 명나라 원군 접대를 핑계 삼아 불러들였다.

　명나라 원군 접대는 유성룡과 이덕형으로 충분했다.

　실제 역사에서는 유성룡이 영의정을 맡아 이 모든 일을 처리했다.

'나를 근위사단에서 떼어놓기 위함인가?'

이혼은 선조가 정한 처소에 여러 의미가 있음을 깨달았다.

의주목사에 처소를 정해주지 않은 건 신뢰하지 않는다는 의미였다.

그리고 의주에 불러들인 이유는 그를 감시하기 위해서였다.

전쟁이 벌어지는 바람에 선조의 의심병이 더 심해진 것이다.

한편, 세자시강원(世子侍講院)에 발령받은 정탁은 집을 둘러보았다.

"청소를 하면 괜찮을 거 같군요."

정탁은 직접 내관과 궁녀들을 지휘해가며 빈 집을 깨끗이 청소했다.

얼마 후 청소를 마무리 지은 정탁은 내관 하나를 데려왔다.

"인사 올리게. 이 분이 앞으로 자네가 모실 세자저하이시네."

정탁의 말에 내관은 정성스레 절을 올렸다.

"소인 윤내관(尹內官)이라 하옵니다."

"내 의주에 처음 와서 그러는데 어른들은 어디에 계시는가?"

"의주목사나 용만관(龍灣館) 근처에 계십니다."

"그럼 안내해주게. 문안을 올려야겠네."

"예, 저하."

말에 오른 이혼은 윤내관을 따라 의주목사 근처로 향했다.

왕실 식구들은 대부분 의주목사 안이나, 그 근처에 처소를 정했다.

심지어 늦게 도착한 임해군과 순화군의 처소 역시 그 근처에 있었다.

그의 의심이 단순한 의심은 아니라는 증거였다.

중전 의인왕후(懿仁王后) 박씨와 세자빈은 백두산 근처의 국경도시인 강계(江界)에 있어 몇 사람을 만나본 후 처소로 돌아왔다.

다음 날, 이혼은 정탁과 함께 의주목사에서 열리는 조회에 참석했다.

조회는 대부분 현재 전황과 명군 접대에 대한 내용이었다.

선조가 참여하는 조회가 끝난 후 임시 빈청에서 대신회의가 열렸다.

이혼은 대신회의에 참여해 유성룡을 보았다.

"명군을 맞는 일은 어떻게 진행 중이오?"

"군사를 먹일 군량과 군마를 먹일 콩을 각지에서 각출 중입니다."

"고생해주시오."

"예, 저하."

이혼은 돌아가는 전황과 각지에서 쉴 새 없이 올라오는 장계를 대신들과 면밀히 살펴본 연후에 처소에 돌아가 지친 몸을 뉘였다.

몸보다 머리가 피곤한 일이었다.

한문을 제대로 읽을 줄 알면 모르겠지만 그렇지 못하니 답답했다.

이혼은 잠시 쉬었다가 허준을 불러 한문을 공부했다.

한문을 먼저 깨쳐야 장계나, 작전상황에 관련한 문서를 볼 수 있었다.

공부하다가 잠이 든 이혼은 새벽닭이 욺과 동시에 일어났다.

일어나선 바로 조회에 참석하거나, 장계 등을 읽으며 시간을 보냈다.

장계를 계속 읽는 이유는 그 내용을 아는 게 1차적인 목적이었다.

그리고 두 번째 이유는 한문을 익히기 위해서였다.

그러던 어느 날이었다.

이혼은 이렇게 흘려보내는 시간이 아깝게 느껴졌다.

근위사단에 당해 위축되었던 왜군은 빠르게 회복 중이었다.

우선 보급선 재구축을 위해 충청도 각 지역을 맹렬히 공격하였는데 충주성과 청주성, 금산성, 해미성 등 주요 거점이 위태로웠다.

이혼은 조회에 참석해 근처 경기사단과 전라사단이 충청사단을 돕게 해야 한다는 주장을 강하게 펼쳤으나 선조는 들어주지 않았다.

오히려 이혼이 만든 한강 이남의 군제를 혁파하려하였다.

선조가 근위사단을 이혼에게서 떼어놓은 거처럼 충청사단이나, 전라사단 배후에 이혼이 있을 거라 의심하는지 계속 방해하려했다.

이혼은 흘러가는 모양새를 보며 무력감을 느꼈다.

분조에서는 그가 모든 일을 결정했다.

그러나 의주의 조회에서는 선조가 있었다.

무슨 의견을 내도 선조의 허락을 받지 못하면 실행이 불가능했다.

선조는 이혼의 입지를 줄이는데 모든 신경을 집중했다.

정탁이나, 허준처럼 이혼의 처소에 드나드는 사람들마저 감시했다.

무력감은 곧 분노로 바뀌었다.

병사와 백성이 죽어나가는 판에 권력암투라니 이해가 가지 않았다.

그렇다고 선조의 심정을 전혀 이해 못하는 건 아니었다.

권력은 나눌 수 있는 성질의 것이 아니었다.

이혼은 그가 선조의 입장이었다면 비슷했을 거라는 생각이 들었다.

자신의 권력에 도전하는 이는 어떠한 방법을 써서라도 찍어 누를 수밖에 없는 게 전제왕권에서 군왕의 위치라는 생각이 들었다.

처소에 돌아와 멍하니 생각에 잠겨 있던 이혼은 자기 뺨을 때렸다.

옆에서 차를 따라주던 윤내관이 깜짝 놀라 물었다.

"저, 저하."

"아닐세. 스스로가 한심해서 그런 거니 신경 쓰지 말게."

놀란 윤내관을 밖으로 내보낸 이혼은 한숨을 길게 쉬었다.

'시간이 있으면 그 시간을 잘 이용하면 된다. 정작 자신은 손 하나 까딱하지 않으면서 불만을 토하는 건 내 성격과 어울리지 않아.'

이혼은 그가 할 수 있는 일을 찾았다.

물론, 그 일이란 왜적을 이 땅에서 속히 몰아내는 일이었다.

정치에 대한 생각은 그 다음이었다.

'뭐가 가장 큰 문제일까? 아니, 뭐가 가장 시급한 일일까?'

이혼은 곰곰이 생각해보았다.

'병사의 수? 아니다. 병사의 수는 이미 충분하다. 그럼 화차나, 소룡포, 죽폭과 같은 무기들이 부족한 게 문제일까? 이것 역시 아니다.'

화차나, 소룡포, 죽폭 모두 즉시 사용가능한 훌륭한 무기체계였다.

실전에서 그 효용을 확인했으니 이에 토를 달 사람은 없었다.

그러나 거기에는 한 가지 전제조건이 있었다.

바로 화약이 필요하다는 거였다.

화약이 없으면 화차, 소룡포, 죽폭 모두 쓸모없는 무기일 뿐이다.

이혼은 근위사단을 이끄는 내내 커다란 장애물에 봉착했다.

화약무기를 만들어도 화약이 부족해 마음껏 사용하지 못한 것이다.

이혼의 생각은 곧 한 가지 계획으로 귀결되었다.

'그래, 화약을 생산하자. 화력에서 왜군을 압도해버리는 거야.'

이혼은 이장손을 불렀다.

이혼의 요청으로 의주에 남은 이장손은 대장간에서 사는 중이었다.

차를 권한 이혼이 물었다.

"바빠 보이는군. 요즘 어떻게 지냈는가?"

"화덕이 있는 정식 대장간을 만드느라 정신없었습니다."

"들어가는 자금은 어떻게 충당하는가?"

"영의정 최흥원대감이 사정을 봐주어 그런대로 괜찮은 편입니다."

다행이라 생각한 이혼은 다시 물었다.

"화약을 만드는가?"

"예, 저하. 가장 중요한 일이어서 모두 합심하여 만드는 중입니다."

"그럼 내일 화약 만드는 과정을 봐야겠네."

"준비해두겠습니다."

이장손은 이혼이 무기에 관심이 많은 걸 알아서인지 바로 대답했다.

다음 날, 이혼은 이장손에게 말한 대로 화약제조공방을 방문했다.

이장손이 공방을 안내하며 공정을 친절히 설명해주었다.

"이게 염초(焰硝)입니다."

이장손은 먼저 갈색에 가까운 검은색 가루를 보여주었다.

'질산칼륨이군.'

질산칼륨에 황과 탄소를 넣으면 화약이 만들어지는데 질산칼륨은 이장손이 방금 보여준 염초에서, 황은 유황, 탄소는 숯에서 얻는다.

비율은 화약을 100으로 칠 경우, 질산칼륨 75, 숯 15, 유황 10이다.

그러나 배합비율은 시대와 장소, 목적에 따라 조금씩 달랐다.

다시 말해 화약을 제조하는 공정은 질산칼륨을 제조하는 거와 다르지 않아서 질산칼륨, 즉 염초를 제조하는 법이 가장 중요했다.

유황 역시 구하기 어려운 물건이지만 염초보다 귀하지는 않았다.

이혼은 화약의 냄새를 맡아보며 물었다.

"어디서 만든 건가?"

"평안도 군영에 저장해두었던 걸 가져와서 화약으로 제조 중입니다."

이장손의 말대로 중앙에 있는 군기시(軍器寺)의 화약장(火藥匠)이나, 지방에 있는 자초도회소(煮硝都會所)에서 염초를 제조해 장시간 보관했다가 화약이 필요할 경우, 재료를 조합해 사용했다.

이혼은 손으로 만져보며 물었다.

"염초는 어떻게 만드는가?"

"오래된 집의 담벼락이나, 부뚜막, 마루아래 등지에서 흙을 긁어모아 아궁이 재와 사람의 소변을 섞어 높은 곳에 매달아 둡니다."

"그 다음에는?"

"말똥을 말려 쌓아놓은 흙 위에 덮은 후 불로 태우면 열기가 안으로 들어가 주위에 흰 이끼가 생기는데 일단 이렇게 보관합니다."

"기간은?"

"길면 길수록 좋습니다."

이장손의 설명이 이어졌다.

"이걸 부리가 달린 항아리에 펴 바른 다음, 물을 부어가며 가열하면 부리를 통해 물이 흘러나오는데 이걸 굳혀 염초로 만듭니다."

"그렇게 해서 한 번에 생산하는 양이 얼마인가?"

"처음에는 3일 동안 180근이 나오는데 이건 불순물이 많아서 사용하기 어렵습니다. 그래서 다시 정련(正煉)해 90근으로 만듭니다."

이장손은 내친김에 그 자리에서 염초 1근에 버드나무재 3냥, 그리고 유황가루 1냥3전을 섞어 화약 제조하는 법을 직접 선보였다.

이장손의 설명을 들은 이혼은 고개를 저었다.

'이렇게 해서는 대량으로 생산하기 힘들다.'

이혼은 집에 돌아와 염초, 즉 질산칼륨을 생산하는 방법을 연구했다.

그 시작은 하버와 보슈의 질소고정법이었다.

보다 정확히 말하면 공중질소고정(空中窒素固定)이라는 방법으로 공기 중에 있는 질소를 암모니아, 질산암모늄, 질산 등의 질소화합물로 만드는 방법인데 이 방법에는 몇 가지 종류가 있었다.

먼저 공기질산법이 있었다.

영국의 화학자 헨리 캐번디시가 물이 있는 가운데 공기 속에 전기불꽃을 터트리면 질산이 만들어지는 걸 발견해내는 성과를 올렸다.

쉽게 말해 하늘에 번개가 치면 질소화합물이 만들어지는 것이다.

우리가 호흡하는 공기는 질소 78퍼센트와 산소 21퍼센트, 그리고 그 외에 이산화탄소 등 잡다한 기체 1퍼센트로 구성되어있었다.

한데 산소와 달리 질소는 분자 사이의 결합이 아주 강해 1000도가 넘는 고온에서 가열하지 않으면 분리되지 않는 성질이 있었다.

이로 인해 산소는 호흡을 통해 인간이 흡수 가능하지만

질소는 그렇지 않아 필요한 질소를 화합물의 형태로 흡수하게 되어 있었다.

캐번디시가 발견한 방법은 하늘에 번개가 치면 순간적으로 강한 열을 발생시켜서 강하게 결합되어 있는 질소 분자가 원자로 분리되어 다른 원소와 결합한 후 질소화합물의 형태를 띠는 것이다.

인간, 동물, 식물이 흡수하는 질소는 이러한 형태의 화합물이었다.

그러나 이 방법은 효율이 나빠서 곧 사장되었다.

생성되는 결과보다 전기를 발생시키는데 들어가는 비용이 더 컸다.

공기질산법 다음에 등장한 게 하버와 보슈의 합성암모니아법이었다.

합성암모니아법은 질소와 산소를 가압(加壓)한 후 높은 온도에서 산화철에 산화알루미늄, 산화칼륨 등의 촉매제를 첨가해 암모니아를 만드는 방법으로 현재까지 가장 많이 사용되는 방법이었다.

하버와 보슈가 만든 합성암모니아법 덕분에 화약과 비료의 대량생산이 가능해지며 인구를 폭발적으로 늘리는데 크게 일조했다.

화약은 인류의 숫자를 감소시켰지만 비료의 대량생산이 바야흐로 가능해지며 지금의 엄청난 인구를 먹여 살릴 수 있게 된 것이다.

이혼이 생각한 방법은 바로 이 하버, 보슈의 합성암모니아법이었다.

'처음부터 크게 할 수는 없다.'

계획을 추진함에 있어 고려야해 할 사항이 많았다.

우선 재료의 수급이 안정적인지를 고려야해야했다.

염초의 재료나, 화약제조에 필요한 유황보다 구하기 어려운 재료를 사용해야한다면 재래식 방법으로 계속 생산하는 편이 더 나았다.

두 번째 고려할 사항은 지금 기술로 가능한가였다.

재료와 설계도가 있어도 만들지 못하면 헛일이다.

이혼은 재료의 수급과 실현 가능성을 파악하기 전에 우선 그가 아는 질소고정법의 지식을 정리하여 체계화할 필요성을 절감했다.

앞서 말한 대로 인간은 산소와 달리 호흡을 통해 인체에 필요한 질소를 얻지 못한다. 분자의 결합이 강해 고온으로 가열하지 않는 이상, 원자로 분리되지 않아 호흡으로는 흡수가 불가능했다.

질소고정법의 고정은 말 그대로 고정시킨다는 의미였다.

또, 그 말은 공기 중에 있는 질소를 흡수해 동식물에 필요한 화합물의 형태로 만든다는 의미인데 박테리아가 대부분을 담당했다.

박테리아 중에서 질소고정박테리아, 뿌리혹박테리아 등이 공기 중의 질소를 흡수해 질소화합물로 만드는데 그 중 뿌리혹박테리아가 가장 유명하며 또 인위적으로 얻기 쉬워 자주 애용하였다.

그리고 이 뿌리혹박테리아는 콩과 식물에 많아 농부들은 콩과 원하는 작물을 농지에 번갈아 재배하여 지력을 높이는데 과학적인 방법으로 추론했다기보다는 오랜 경험에서 얻은 지식이었다.

정리하면 인간은 이처럼 질소를 직접 흡수할 수 없어 식물이나, 동물이 가진 질소화합물의 형태로 흡수해 필요한 질소를 수급했다.

그리고 인간에게 대부분의 질소를 공급하는 식물 역시 성장에 필요한 질소를 직접 흡수할 수 없어 박테리아의 도움을 받는데 그 중 콩과 작물에 많은 뿌리혹박테리아가 이에 주로 이용되었다.

뿌리혹박테리아가 공기 중에 있는 질소를 흡수해 질소화합물로 만들기에 식물이 필요한 질소를 공급해주는 중요한 존재인 것이다.

물론, 이러기 위해서는 인간이 식량으로 재배하는 벼나, 밀, 보리 등을 콩과 번갈아서 재배해야하는 불편이 따를 수밖에 없었다.

한데 이를 해결한 게 바로 질소를 이용한 화학비료였다.

전처럼 콩과 번갈아 재배하지 않아도 질소를 인위적으로 만들어 작물에 보급해주니 식물의 성장에 엄청난 도움을 주게 된 것이다.

식물이 성장에 도움을 받으면 당연히 수확량은 전보다 훨씬 늘어나기에 인간은 지금 60억이 넘는 인구를 유지할 수 있게 되었다.

하버와 보슈의 질소고정법은 화약의 대량생산을 가능하게 했다는 점보다 비료의 대량생산이 가능해졌다는 점에서 칭송받아야했다.

이혼은 오랜만에 거의 잊었던 공식 하나를 꺼내들었다.

질소($N_2$)에 수소($3H_2$)를 더하면 암모니아($2NH_3$)를 생성한다는 공식으로 질소, 수소 모두 공기에 풍부해 재료의 수급은 쉬웠다.

다만, 이를 도와주는 촉매제가 문제였다.

촉매제가 없을 경우에는 반응이 느려 수율이 형편없이 떨어졌다.

암모니아합성에 들어가는 촉매제는 정확히 산화철($Fe_3O_4$)에 산화칼륨($K_2O$), 이산화황($SO_2$), 산화알루미늄($Al_2O$)를 첨가해 환원시킨 후 제조하는데 프리츠 하버가 직접 고안한 촉매제였다.

산화철($Fe_3O_4$)은 자철광(磁鐵鑛)과 화학식이 같았다.

말 그대로 자철광을 채굴하면 산화철이 따로 필요 없다는 말이었다.

그리고 북한관련뉴스에서 자주 보는 거처럼 자철광은 북한에 가장 많은 광물 중 하나로 빈광이어서 상업용 철광석으로는 쓸모가 없지만 촉매제를 만드는데 들어가는 재료로는 더없이 훌륭했다.

이리하여 산화철은 무한에 가까운 양을 얻었다.

다음은 산화칼륨이었다.

산화칼륨의 칼륨은 나트륨 다음으로 지구상에 많이 존재하는 광물이어서 구하기 쉬운데 주로 규산염(硅酸鹽)의 형태로 존재했다.

마지막으로 산화알루미늄의 알루미늄은 구하기 어려운 편에 속하지만 점토, 백반석에 들어 있어 역시 까다로운 재료는 아니었다.

촉매제의 수급에 대한 방안을 정리한 이혼은 설계도를 그려보았다.

19세기 말, 그리고 20세기 초 프리츠 하버와 카를 보슈가 고안한 기계의 형태였는데 최대한 단순하게, 그리고 간단하게 설계했다.

크기는 작은 마차 크기로 더 커지면 제작하는데 어려움이 있었다.

용량을 키우는 일은 실험이 성공한 다음에 해도 늦지 않았다.

며칠 동안 집에서 두문불출(杜門不出)하며 설계도를 수정한 이혼은 이장손을 불러 보여주며 이대로 만들 수 있는지 알아보았다.

다행히 가능하다는 답변을 받았다.

이장손은 이게 무엇인지, 이혼이 어떻게 아는지 물어보지 않았다.

전처럼 말없이 이혼의 생각을 지지해주었다.

이장손이 대장장이들을 불러 작업을 막 시작했을 무렵.

이혼은 평안도와 함경도 광산에 사람을 보내 필요한 광물을 찾았다.

한 달 후, 이장손은 고압반응로를 제작해 가져왔다.

이혼은 이장손이 만든 반응로를 야외로 옮겨 바로 실험에 들어갔다.

위에서는 풀무질에 사용하는 풀무로 공기를 계속 주입해 기압을 높이는 한편, 밑에서는 장작으로 불을 지펴 가열하기 시작했다.

반응로에는 연통처럼 따로 관을 만들었는데 그 안에 급히 구한 촉매제를 집어넣어 공기가 흐르면서 암모니아를 생성하게 하였다.

마지막으로 생성한 암모니아는 솥처럼 생긴 통에 모아

밀봉했다.

그러나 당연히 쉽지 않았다.

기압을 올리는 일과 적정 온도를 찾는 법에서 계속 실패했다.

온도계와 기압계가 없으니 눈대중과 감으로 하는 수밖에 없었다.

또, 공기 중에 수소의 양이 너무 적었다.

현대에 들어와서는 수소를 천연가스에서 추출해 사용하지만 지금은 그럴 수 없어 공기 중에 있는 수소를 이용하는 수밖에 없었다.

이혼은 문제점을 찾아 연구와 실험, 그리고 수정을 반복했다.

낮에는 조회참석, 밤에는 연구와 실험 등으로 바쁘게 지내다보니 몇 년 만에 코피마저 쏟았지만 눈에 띄는 성과는 아직 없었다.

이날 역시 초조한 마음으로 의주 외곽에 있는 실험실로 말을 몰았다.

말고삐를 잡은 기영도가 뛰어야할 만큼 서두르는 중이었다.

실험실이 멀지 않았을 무렵.

퍼엉!

폭음과 함께 하얀 연기가 뭉게구름처럼 올라왔다.

깜짝 놀란 이혼은 언덕 사이에 난 소로를 빠른 속도로
달려갔다.

언덕을 다 오르는 순간.

"아!"

이혼의 입에서 탄식이 터져 나왔다.

실험용으로 사용하던 반응로가 폭발해 흰 연기를 뿜어
냈다.

"이랴!"

채찍을 휘두른 이혼은 언덕을 내려가기 무섭게 말에서
뛰어내렸다.

그를 보았는지 머리에서 피를 흘리는 이장손이 달려왔
다.

"오, 오셨습니까?"

"무슨 일인가?"

"반응로가 갑자기 폭발했습니다."

이장손의 대답에 이혼은 미간을 찌푸리며 물었다.

"다친 사람은?"

"근처에서 작업하던 인부 두 명이 즉사했습니다."

"으음, 부상자는 얼마나 되는가?"

"서너 명이 크게 다쳐 급히 의원으로 후송 보냈습니
다."

이혼은 손수건을 꺼내서 이장손의 이마에 난 상처에 눌

러주었다.

"이걸 이마에 대게. 지혈이 될 거야."

"황, 황송합니다."

이혼은 사고 수습을 하면서 동시에 폭발의 원인을 찾았다.

다행히 원인은 어렵지 않게 찾아냈다.

굴뚝 형태의 반응로가 균일하지 않아 기압을 버티지 못한 것이다.

이혼은 치료를 마친 이장손을 불러 새로운 지시를 내렸다.

"절에서 사용하는 범종(梵鐘)을 아는가?"

"압니다."

"범종은 쇠를 펴서 이어 붙여 만드는 게 아니라, 틀에 쇳물을 부어 식히는 방식으로 제작한다는 말을 들었는데 그 말이 사실인가?"

이장손은 고개를 끄덕였다.

"맞습니다. 주물방식으로 제조합니다."

"반응로를 그런 형식으로 만들 수 있겠는가?"

잠시 고민하던 이장손은 이내 대답했다.

"저하께서 도와주신다면 한 번 해보겠습니다."

"알겠네."

이혼은 이장손을 도와 새로운 반응로를 만들었다.

이번에는 쇠를 펴서 이어 붙여 만드는 게 아니라, 아예 처음부터 굴뚝 모양의 틀을 만든 후 그 안에 쇳물을 부어 통째로 주조했다.

틀에 부운 쇳물이 식기 무섭게 이혼은 거푸집을 깨서 반응로를 꺼냈는데 다행히 두께가 두꺼우며 균일해 폭발 위험성이 줄었다.

이혼은 이장손을 도와주며 새로운 반응로를 실험했다.

풀무로 공기를 계속 주입하며 반응로의 온도를 높여갔다.

공기를 주입하던 인부들은 두려운 눈빛으로 반응로를 보았다.

전에 폭발한 반응로가 이때쯤 폭발한 것이다.

그러나 그들의 우려와 달리, 반응로는 폭발하지 않았다.

안심한 인부들이 작업을 서두르려는 찰나.

쩌어억!

반응로 외벽에 금이 갔다.

"모두 피해!"

소리를 지른 이혼은 반응로에 달려가 작업하는 인부들을 끌어냈다.

우왕좌왕하던 인부들이 서둘러 물러서는 순간.

퍼어엉!

꽝음이 일더니 반응로 뚜껑이 공중으로 솟구쳤다.

이번 실험 역시 반응로가 고온과 고압을 견디지 못해 폭발한 것이다.

이혼은 크게 실망했다.

기대했던 주조형태의 반응로마저 실패로 돌아갔다.

그러나 실망이 포기로 이어지지는 않았다.

그의 사전에 포기란 단어가 없지는 않지만 지금은 아니었다.

이 정도로 포기할 생각이었으면 처음부터 시작조차 하지 않았다.

이혼은 처소에 돌아와 하버-보슈법을 다시 한 번 자세히 고찰했다.

'프리츠 하버와 카를 보슈가 만든 공정의 핵심은 반응로를 200기압과 섭씨 500도로 유지하는 거였다. 그래야 강력한 분자구조를 가진 질소의 분자 고리를 끊어 수소와 결합시키는 게 가능하다.'

그러나 이론은 이론일 뿐이었다.

200기압과 섭씨 500도를 인위적으로 유지할 수는 있지만 그걸 버티는 반응로를 만들지 못해 카를 보슈 역시 큰 고민에 휩싸였다.

이혼은 사실 하버-보슈법을 읽었을 뿐, 제대로 공부하지는 않았다.

20세기 암모니아생성방법을 따로 공부할 만큼 시간이 많지 않았다.

물론, 관심이 가는 분야도 아니었다.

'카를 보슈도 나와 같은 문제점을 겪은 거로 기억하는데 어떻게 해결했는지 기억이 가물가물하다. 분명 읽은 기억이 있는데 말이야.'

이혼은 보슈가 생각한 방법 없이 고압, 고온에서 견디는 반응로를 설계할 자신이 있었지만 그 방법은 모두 현대적인 기술이 필요한 작업이었으며 지금 기술수준으로는 실현 불가능에 가까웠다.

카를 보슈는 19세기 말에 이 방법을 알아냈으니 지금 기술 수준으로는 그가 생각한 방법보다 보슈의 방법이 더 실현 가능했다.

"아, 그렇구나."

며칠 동안 기억을 더듬던 이혼은 선조가 모인 조회에서 마침내 그 해답을 찾았는데 그런 그를 보는 선조의 시선은 곱지 않았다.

곧바로 날카로운 질책이 이어졌다.

"조회에서 무슨 짓이냐?"

"영의정의 말이 옳은 거 같아 혼잣말을 한 것이옵니다."

이혼의 말에 영의정 최흥원이 눈을 크게 떴다.

함흥성에 주둔하던 영의정 최흥원은 세자가 의주로 옴

에 따라 더 이상 함흥에 있을 필요가 없어 한 달 전 의주에
돌아와 있었다.

유성룡이나, 윤두수형제, 이항복 등은 아직 이혼에 대해
잘 몰랐다.

반면, 분조에서 이혼을 보필하던 최흥원, 심충겸, 윤자
신 등은 이혼의 능력을 인정해 이혼이 의주에서 입지를 다
지는데 도움을 주었다.

이혼은 서둘러 실험실을 찾았다.

실험실 한편에 마련한 초가집에서 이혼이 준 설계도를
공부하던 이장손은 안으로 들어오는 이혼을 보자마자 자
리에서 일어났다.

이혼은 최대한 지금 실정에 맞는 설계도를 그리려 노력
했다.

작업하는 기술자와 인부가 알아보지 못하는 설계도는
소용없었다.

그러나 아무리 실정에 맞게 그려도 복잡하기는 마찬가
지였는데 이장손은 이혼과 작업하는 한 달 동안, 자기 걸
로 만들어버렸다.

그 만큼 이장손의 지능과 이해력은 좀처럼 보기 어려운
수준이었다.

이혼은 그 자리에서 설계도를 대폭 수정해 보여주었다.

한참 동안 설계도를 보던 이장손이 물었다.

"벽을 두 개 세우는 겁니까?"

"그렇지. 외벽과 내벽의 이중구조로 만드는 걸세. 그러면 내벽이 고온과 고압에 의해 팽창해도 외벽이 있어 폭발하지 않을 걸세."

"벽을 만드는 재료는 무엇으로 하실 생각입니까?"

"내벽은 크롬을 첨가한 저탄소강, 외벽은 일반 탄소강일세."

이장손은 고개를 갸웃했다.

"크롬은 무엇입니까?"

"그런 광물이 있네."

그러나 이장손은 고개를 한 번 더 저었다.

"소인의 견문이 얕아 탄소강이 무얼 말하는지 잘 모르겠사옵니다."

"지금 주물로 만드는 반응로는 주철(鑄鐵)일세. 주철은 탄소가 제법 섞어 있는 쇠이지. 반면에 탄소강은 탄소가 전혀 없지는 않지만 주철보다는 적은 양의 탄소를 함유한 쇠를 가리는 말일세."

이장손은 들을수록 더 모르겠다는 표정이었다.

탄소니, 주철이니, 탄소강이니 하는 단어들을 모두 처음 들어보았다.

이혼은 일단 제조하는 법을 알려주었다.

철광석을 녹여 제련하면 보통 주철이 나온다.

주철은 탄소가 1.7퍼센트 이상 섞여 있는 쇠를 가리킨다.

반면, 이혼이 만들려는 탄소강은 철이 0.05에서 2.1퍼센트의 탄소를 함유한 합금으로, 만드는 방법은 대표적으로 담금질이 있었다.

가열한 주철을 두들기면 공기 중의 산소와 쇠에 있는 탄소가 반응해 탄소가 줄어드는데 바로 무른쇠라 불리는 연철(軟鐵)이었다.

연철은 탄소의 함유량이 극히 적어 0에서 0.2퍼센트에 불과하였다.

이혼은 주철의 탄소를 적당히 빼서 탄소강으로 만들었다.

그리고 내벽 재료에 필요한 크롬은 사람을 보내 찾아보게 하였다.

그러나 크롬은 국내에 그렇게 많은 편이 아니었다.

이혼은 사람을 더 풀어 크롬을 찾았는데 멀리 함경도 부령에 가서야 간신히 크로뮴광을 찾아내 필요한 양을 운반해올 수 있었다.

명을 받아 광석을 찾아 나선 사람들은 출발하기 전에 이혼의 설명을 충분히 들었지만 사진이 없는 이상, 바로 찾아내지는 못했다.

심지어 찾는 광물을 앞에 두고도 다른 광물을 보내올 지경이었다.

현재 있는 광산과 폐쇄한 광산, 그리고 광물이 있지만 발견만 한 채 채굴하지 않는 수십 개의 광산을 샅샅이 뒤져 금속을 찾아냈다.

어렵게, 어렵게 구한 재료로 이혼은 다시 반응로를 만들었다.

내벽은 크롬을 넣은 저탄소강, 그리고 외벽은 일반 탄소강으로 만들어 이중구조로 만들었으며 밸브와 파이프 역시 새로 제조했다.

이혼의 생각은 적중했다.

아니, 카를 보슈의 방법은 정말로 효과가 있었다.

기압과 온도를 높여 몇 차례 실험해본 결과 암모니아가 만들어졌다.

이혼은 생산한 암모니아에 칼륨을 혼합해 질산칼륨으로 만들었다.

이제 염초와 비료를 공정으로 생산하게 된 것이다.

이혼은 이장손에게 반응로를 실험용보다 더 크게 만들도록 했다.

그리고 반응로에서 생산한 염초를 화약으로 만들어 화약무기의 제조를 서둘렀는데 먼저 죽폭과 용란, 용조, 용염의 재고를 늘렸다.

이혼은 또 생산한 암모니아를 비료로 만들어 근처 농가에 지급했다.

효과를 보려면 내년 가을이나 되어야했지만 일단 첫 발은 떼었다.

그 사이, 선조가 기다린 명군이 도착했다.

조승훈이 지휘하는 명군 3천 명이 평양성에서 대패한 후 명 조정의 여론은 사분오열되었는데 참전해선 안 된다는 주장이 득세했다.

이때, 병권을 쥔 병부상서 석성(石星)이 나서서 참전을 주장했다.

석성은 먼저 심유경(沈惟敬)에게 경영첨주유격(京營添住遊擊)라는 벼슬을 준 후 조선에 보내 왜군의 동향을 은밀히 살펴보게 하였다.

그러나 실상은 달랐다.

석성은 심유경에게 왜국과 협상하며 시간을 끌라는 명을 내내렸다.

심유경이 고니시 유키나카, 소 요시토시와 협상하는 사이.

명 조정은 1593년 음력 1월, 4만3천명의 대군을 조선에 파병했다.

명군의 총 지휘를 맡은 장수는 경략 송응창(宋應昌)과 제독 이여송(李如松)이었다. 그리고 이여송의 동생 이여백(李如柏), 양원(楊元), 장세작(張世爵), 낙상지(駱尙志) 등이 각 병과를 지휘했다.

선조는 버선발로 뛰어나와 이들을 맞이했다.

명군이 참전해주기만 하면 왜군은 놀라서 도망칠 거라 굳게 믿었다.

그러나 명군은 의주에서 쉽사리 움직이지 않았다.

유성룡과 이항복, 청원사로 갔다가 돌아온 이덕형 등이 매일 이여송을 찾아가 독려했으나 이런 저런 이유를 들어 계속 미적대었다.

이혼 역시 세자의 자격으로 이여송을 만나 출병을 독려했다.

용만관(龍灣館)에서 만난 이여송은 체구가 커서 알아보기 쉬웠다.

당시 이여송은 영하(寧夏)에서 일어난 몽골의 항장(降將) 보바이의 난을 수공으로 평정하며 명 조정에서 명망이 높은 장수였다.

그래서인지 다소 거들먹거리며 이혼을 응대했다.

"세자저하가 직접 오실 줄은 몰랐군요."

역관의 통역을 들은 이혼은 미간을 찌푸렸다.

"왜군이 전열을 정비한 후에 공격하면 명군의 피해가 클 것이오."

이여송은 어깨를 으쓱하며 허리춤에 찬 큰 칼을 슬쩍 잡아보였다.

"대포를 가져왔으니 이미 이긴 싸움입니다. 그러니 염

려 마십시오."

이여송은 그들이 가져온 불랑기포(佛狼機砲)와 호준포
(虎蹲砲), 백자연주포(百子連珠砲), 위원포(威遠砲) 등을
믿는 게 틀림없었다.

이혼은 고개를 저었다.

"우리 역시 야포를 사용해 전과를 거두기는 했지만 야
포가 만능은 아니오. 왜군이 만약 야포의 포탄을 피하기
위해 토굴 안에서 저항해온다면 우리 조명연합군의 병사
들이 직접 들어가 싸워야하는데 이는 피해가 클 수밖에 없
소. 왜군이 지하에 요새를 건설하기 전에 진격해야 병사들
의 손실을 줄일 수가 있을 것이오."

이여송은 의외라는 눈으로 조선 세자를 바라보았다.

조선 세자가 군대를 지휘해 상당한 전과를 거두었다는
소문을 들어본 적이 있었는데 대화해보니 과장된 소문은
아닌 모양이었다.

이여송은 다시 한 번 고개를 저었다.

"군대란 게 도착해서 바로 전장에 달려가 싸울 수 있는
게 아닙니다. 먼저 지친 병사들의 체력을 끌어올리는 게
순서입니다. 그리고 그 다음에는 적정을 파악하는 게 중요
하며 보급로 역시 싸우기 전에 구축해야 뒤탈이 없습니다.
이러한 제반사항을 완벽히 갖추기 전에 섣불리 전투에 나
서면 패하는 지름길입니다."

이혼은 이여송의 말에 반박하기가 쉽지 않았다.

'그냥 얻은 명성은 아니란 말이군.'

이혼은 설득전략을 바꾸기로 하였다.

"귀공의 선조는 조선인이라 들었소?"

이여송은 마뜩치 않은 얼굴로 고개를 끄덕였다.

"왜 그 이야기를 하는지는 모르겠지만 세자저하의 말대로입니다."

이여송의 아버지 전 요동총병(遼東總兵) 이성량(李成梁)은 조선인 이영(李英)의 후손으로 명나라 요동(遼東)의 철령위(鐵嶺衛) 지휘첨사(指揮僉事)를 대대로 세습해온 요동 출신의 군벌이었다.

특히, 이영의 후손 중에 이성량이 유명했는데 요동에서 큰 영향력을 행사하며 여진족의 세 부족, 즉 해서, 건주, 야인여진을 서로 감시하게하거나, 이간질하는 방법으로 북방의 치안을 정립했다.

그러나 그 영향력을 과신한 나머지 개인 치부(致富)에 이용하는 바람에 탄핵을 받아 현재는 현직에서 잠시 물러나있는 상태였다.

이여송은 이 이성량의 장자였다.

"귀공의 가문이 비록 오래 전에 조선을 떠나 명에 정착했다고는 하지만 그 뿌리를 거슬러 올라가면 조선이 나올 것이오. 한낱 짐승에 불과한 여우마저 죽을 때는 자기가 살던 굴로 눕는다는데 조선의 핏줄을 이어받은 공이 어찌 괴로움을 몰라주는 것이오?"

이여송은 한숨을 쉬었다.

"나 역시 조선으로 오기 전에 태야(台爺)를 만나 조선을 도와주라는 당부를 받았습니다. 그러나 군대를 움직이려면 병부의 지시를 받아야하니 조정이 허락해줄 때까지 기다리는 수밖에 없습니다."

태야는 이여송의 아버지 이성량을 가리키는 말이었다.

아마 이성량 역시 자기 핏줄이 조선에서 왔음을 상기하여 출병하기 전, 아들 이여송에게 조선을 잘 도와주라 부탁한 모양이었다.

사실은 이여송 역시 괴롭기는 마찬가지였다.

그가 듣기로 조선에 진주한 왜군의 총 병력은 10만이 훌쩍 넘었다.

이혼의 근위사단이 종회무진 활약한 덕분에 그 숫자는 처음보다 많이 줄어들었지만 여전히 10만에 이르는 대병력이 남아있었다.

한데 이여송이 명 조정에서 지원받은 병력은 4만3천에 불과했다.

그 중 6천은 작년 가을 부총병 조승훈이 평양성을 공격했다가 고니시군 매복에 걸려 패했을 때 국경에 급히 배치한 병력이었다.

명 조정은 왜군이 의주를 경유해 요동으로 오는 걸 두려워하여 사대수(査大受)와 낙상지(駱尙志) 두 장수에게 병력 6천을 주어 수비하게 했는데 그 병력을 제외하면 3만여에 불과한 병력이었다.

이여송은 시간을 끌며 명 조정에 증원요청을 계속 하였다.

그러나 재정상황이 좋지 않던 명 조정은 이여송의 요구를 거절했다.

이여송은 시간을 끌며 증원을 받을 생각이었으나 실패한 것이다.

어쨌든 회담은 그렇게 끝이 났다.

이혼은 돌아가기 전, 부총병으로 참전한 조승훈을 따로 방문했다.

평양성전투에서 이혼에게 빚을 진 조승훈은 두 말없이 만나주었다.

이혼은 그에게 당부했다.

"장군이 제독에게 출병을 독려해주시오."

"잘 될지는 모르겠지만 한 번 해보겠습니다."

"고맙소."

겨울이 거의 다 지났을 무렵.

명군은 마침내 못이기는 척 평양성을 향해 진격했다.

실제로는 유성룡과 이덕형 등이 명군 접대를 하였지만

형식적으로는 선조가 이혼에게 맡긴 일이어서 이혼 역시 명군에 합류했다.

유성룡은 의주에서 평양으로 가는 길 곳곳에 군량과 말에게 먹일 콩을 준비해 명군이 지체하는 일 없이 평양으로 향하도록 도왔다.

이혼은 의주에 내려간 지 4개월 만에 다시 전장으로 가게 되었다.

9장. 평양성탈환(平壤城奪還)

光海錄

9장. 평양성탈환(平壤城奪還)

두 번째 경험하는 순안은 별로 달라진 게 없었다.

원래는 작은 고을이었는데 평양성에 있는 왜군으로 인해 군사기지화 되어 순안에 사는 백성보다 병사의 숫자가 몇 배나 많았다.

이혼이 도착했을 때 도원수 김명원, 좌방어사(左防禦使) 정희현(鄭希賢), 우방어사(右防禦使) 김응서(金應瑞) 등이 마중을 나왔다.

그 중에는 근위사단의 참모장 한극함, 1연대장 유경천, 2연대장 정문부, 3연대장 조경 등 근위사단의 주요 장수들이 끼어 있었다.

그리고 그 뒤를 이어 서산대사(西山大師) 휴정(休靜)과 사명대사(四溟大師) 유정(惟政)이 지휘하는 승군 2천여 명이 모습을 보였다.

유성룡을 명군에 보내 조선군과 명군의 연락을 도맡게 한 이혼은 김명원을 따라 평원 법흥사(法興寺)에 마련한 진채로 들어갔다.

이혼은 먼저 김명원을 불러 평양성의 상황을 물었다.

"왜군의 동태는 파악했소?"

"예, 저하. 왜장이 황해도에 주둔하던 왜장에게 구원을 요청했는데 그 왜장이 거절하는 바람에 왜군의 사기가 땅에 떨어졌다는 말을 들었습니다. 명군마저 도착했으니 대승이 눈앞에 있습니다."

김명원의 대답을 들은 이혼은 고개를 끄덕였다.

'고니시 유키나카카 황해도에 주둔하던 3번대의 오토모 요시무네에게 지원을 요청했다가 거절당한 걸 말하는 모양이군. 아마 오토모 요시무네는 이 일로 문책을 받아 영지를 모두 몰수당했었지.'

김명원에게 몇 가지 더 물어본 이혼은 근위사단 장수들을 보았다.

한데 모두 표정이 좋지 않았다.

이혼은 그날 밤 참모장 한극함을 비밀리에 불러 하문했다.

"나 없는 동안 무슨 일이 있었소?"

거처로 정한 승방 밖을 잠시 둘러본 한극함이 대답했다.

"도원수가 근위사단의 편제를 바꾸어놓았습니다."

"어떻게 말이오?"

"기존에 유지하던 연대나, 대대를 모두 폐한 후 예전에 사용하던 편제로 돌려놓았습니다. 그리고 국경인과 그를 따르던 토병들은 명군의 짐을 날라야한다면서 그쪽으로 모두 보내버렸습니다."

세자시강원의 빈객(賓客)으로 따라온 정탁이 이혼을 보았다.

"어떻게 하시겠습니까?"

이혼은 지체 없이 대답했다.

"김명원을 쳐내야겠소. 그리고 지휘권을 다시 가져와야겠소."

이혼의 대답에 정탁은 잠시 생각하다가 바로 계책을 하나 내었다.

이혼은 왠지 그럴 듯하여 바로 그 계획을 실행했다.

다음 날, 이혼은 아침 일찍 김명원을 불러 물었다.

"명군과 조선군 사이에 가교역할해줄 사람이 필요한데 누가 좋겠소?"

김명원은 이혼 옆을 보더니 이내 입을 열었다.

"명군과의 가교역할이라면 보다 중량감 있는 인사가 필요할 겁니다."

"그래서 누가 좋겠소?"

"저하 옆에 있는 정탁대감이 어떻습니까?"

이혼은 고개를 저었다.

"정탁대감은 나를 보좌해야하니 뺄 수 없소."

"하오시면 평안도 좌방어사 정희현과 우방어사 김응서 중 하나를 고르시지요. 신이 볼 때 둘 다 능히 그 일을 해 낼 적임자입니다."

이혼은 담담한 표정으로 다시 고개를 저었다.

"실전에서 군을 지휘할 장수를 빼면 병사들이 혼란을 겪을 것이오."

입술을 살짝 깨문 김명원은 급히 다른 이름을 입에 담았 다.

"황해도 좌방어사 이시언(李時言)이나, 우방어사 김경 로(金敬老) 중 하난 어떻습니까? 둘 다 이번 평양성전역에 참가해 있습니다."

"그럼 황해도에서 온 병력을 지휘할 장수들이 부족하오."

이혼의 말에 김명원이 고개를 번쩍 들었다.

"저하의 심중에 이미 생각해둔 사람이 있는 거 같군 요."

"맞소."

"그게 누굽니까?"

"도원수가 가줘야겠소."

김명원은 놀라지 않았다.

이미 이혼이 처음 고개를 저을 때부터 눈치 챘다.

이혼은 부연 설명했다.

"도원수 말대로 명군과의 가교역할을 할 사람이라면 중량감이 있어야하는데 조선에서 도원수보다 중량감 있는 인사는 없을 거요."

"그렇겠지요……."

"유성룡대감이 명군과 같이 있으니 내 서찰을 전해주시오."

이혼은 어제 정탁에게 부탁해 작성한 서찰을 김명원에게 주었다.

김명원은 세자의 서찰을 전하기 위해서라도 임무를 피할 수 없었다.

뭐 씹은 표정으로 일어난 김명원은 군례를 올린 후 승방을 떠났다.

김명원을 내보낸 이혼은 바로 지휘관회의를 소집했다.

잠시 후, 가장 먼저 평안도 좌방어사 정희현과 우방어사 김응서, 그리고 황해도 좌방어서 이시언과 우방어사 김경로를 비롯해 김명원의 지휘를 받던 평안도와 황해도의 여러 장수들이 들어왔다.

그들은 도원수 김명원이 명군과의 연락을 위해 순안으로 향했다는 소식을 들었는지 다소 굳은 표정이었다. 며칠 전까지 근위사단을 쪼개서 평안도와 황해도의 병력을 보충할 계획을 세워놓았는데 세자가 등장해 그만 파토를 내버렸으니. 당연한 반응일 것이다.

이혼은 우선 그들을 안심시켰다.

"그대들의 지휘권에는 변동이 없을 테니 맡은 소임을 다해주시오."

"예, 저하."

이혼은 이어 근위사단 장수들을 불렀다.

참모장 한극함을 시작으로 1연대장 유경천, 2연대장 정문부, 3연대장 조경, 5연대장 국경인, 그리고 포병연대장 장산호와 본부연대장 정기룡, 기병연대장 권응수 등이 도착해 그에게 군례를 올렸다.

가장 늦게 소식을 접한 유격연대장 최배천, 독립정찰중대장 강문우 등이 마지막으로 들어오며 근위사단 전 장수가 집결을 마쳤다.

김명원이 명군으로 갔다는 말에 모든 장수들의 얼굴이 밝아졌다.

특히, 5연대장 국경인의 표정이 가장 밝았다.

김명원은 국경인을 포함한 함경도 토병출신들에게 명군의 군량을 나르는 잡무를 맡기려하였기에 이혼의 복귀를 누구보다 반겼다.

토병은 근위사단의 근간을 이루는 가장 강한 전력이었다.

또, 토병 자신들 역시 후방보다는 전방이 그들에게 어울린다는 생각을 하여 짐을 나르는 잡무에서 해방된 일을 가장 기뻐하였다.

이혼은 장수들과 시선을 맞추며 선언했다.

"근위사단을 해체하는 일은 없을 것이오!"

"오!"

걱정을 던 장수들은 서로를 바라보며 고개를 끄덕였다.

이혼은 이어 병사의 숫자를 파악했다.

"평안도 병력은 숫자가 얼마나 되오?"

이에 평안도 좌방어사 정희현이 대답했다.

"좌군, 우군을 모두 합쳐 5천입니다."

정희현의 대답을 듣기 무섭게 이혼은 다시 이시언에게 하문했다.

"황해도에서 온 병력은 얼마요?"

"3천입니다."

고개를 끄덕인 이혼은 바로 편제를 발표했다.

"근위사단이 중군, 평안사단(平安師團)이 좌군, 황해사단(黃海師團)이 우군을 맡는 게 좋겠소. 곧 출정할 테니 장수들은 휘하 병력을 점고해 이탈하거나, 정보가 새어나가는 일이 없도록 하시오."

"예, 저하."

회의를 마친 이혼은 국세필을 따로 불렀다.

국경인의 숙부인 국세필은 근위사단의 군수참모를 맡았다.

"부르셨사옵니까?"

"의주에서 생산한 무기를 이장손이 가져오는 중인데 군수과가 병력을 보내 이곳으로 옮겨오도록 하시오. 실수가 있어선 안 되오."

"알겠사옵니다."

대답한 국세필은 바로 병력을 보내 이장손이 가져오는 무기들을 법흥사로 옮겼는데 주로 화약이 들어가는 용란과 죽폭 등이었다.

국세필은 수레마다 가득한 용란과 죽폭을 보며 깜짝 놀라 물었다.

"두 달 사이에 이 많은 걸 모두 제조했다는 말이오?"

이장손은 미소를 지었다.

"화약의 생산이 크게 늘은 덕분입니다."

"오, 반가운 소식이군."

국세필과 이장손은 의주에서 가져온 무기들을 본부연대로 운송했다.

순안에 주둔하던 병력도 놀지는 않아서 그 동안 화살과 대나무방패, 각종 병장기를 제작해 평양성을 탈환할 준비를 모두 갖추었다.

대나무는 아예 전라도에서 공수해와 전처럼 품귀현상을

빚지 않았다.

죽폭이나, 대나무방패에 들어가던 대나무를 전에는 죽
창으로 만들어놓은 걸 따로 분해해 사용했는데 그럴 필요
가 사라진 것이다.

이혼이 서둘러 조선군의 편제를 정리할 무렵.

순안에 있는 명군 지휘부에서 전령이 도착했다.

"모레 아침에 공성을 시작할 것이니 조선군은 늦는 일
없이 집결해 명의 장수 이여백과 합류한 후 대기토록 하라
는 전갈입니다."

"알겠다고 하여라."

"그럼 소인은 이만."

이혼은 지체 없이 명의 지시를 전군에 전달했다.

다음 날 이른 새벽, 일치감치 아침을 먹은 조선군 2만여
명은 법흥사를 나와 평양성이 있는 남서쪽으로 빠르게 행
군하기 시작했다.

다행히 중간에 지체하는 일이 없어 해가 평양성 동쪽에
걸렸을 때는 조선군 전군이 명군과 미리 약조한 지점에 이
를 수 있었다.

이혼은 높은 곳에 올라가 주위를 살펴보았다.

평양성은 조용했다.

오토모 요시무네가 지원을 거절하여 사기가 떨어졌다는
말이 사실인지 작년 여름에 보았던 평양성보다 어딘지 모

르게 허술해보였다.

잠시 후, 명의 장수 이여백이 도착해 조선군과 합류했다.

이여백은 2만이 넘는 조선군이 있을지는 몰랐는지 조금 놀란듯했다.

이여백이 데려온 병력 역시 적지 않아 3, 4천에 이르렀으나 이혼이 지휘하는 조선군의 숫자에 비하면 그리 많아 보이지 않았다.

이혼은 일어나서 군막으로 찾아온 이여백을 만났다.

이여백은 명의 제독 이여송의 동생이었다.

두 형제의 아버지 이성량은 아들을 다섯 두었는데 이여송이 장자, 이여백이 차남이었다. 거기에 일족 네 명을 더해 이씨 가문의 호랑이 같은 아홉 장수, 즉 이가구호장(李家九虎將)이라 불렀다.

이여백은 형에게 언질을 받았는지 보자마자 군령이야기를 꺼냈다.

"조선의 임금이 우리 형님에게 전권을 주었으니 조선군은 우리 형님의 명을 따라야합니다. 이는 당연히 저하도 포함하는 겁니다."

"알겠소."

승낙한 이혼은 명군이 움직이기를 기다렸다.

다행히 오래 기다릴 필요는 없었다.

명군의 기치가 바람에 펄럭이는가 싶더니 명의 대군 4만 여 명이 일제히 함성을 지르며 평양성을 향해 진격해 내려가기 시작했다.

　이여백이 말에 올라 소리쳤다.

　"출발!"

　이여백의 명군이 움직이는 모습을 본 이혼 역시 팔을 들어올렸다.

　"출진한다!"

　조선군은 좌우군 사이에 중군이 움직이며 평양성을 향해 나아갔다.

　거의 6만에 이르는 조명연합군의 대병력은 단숨에 평양성 북쪽, 서쪽, 남쪽을 포위해 들어가며 왜군과의 거리를 빠르게 좁혀갔다.

　평양성에 있는 고니시 유키나카의 왜군 1만여 명은 이제 남쪽에 있는 대동강을 건너지 못하는 이상에는 빠져나갈 구멍이 없었다.

　대군이 이동하며 생긴 흙먼지가 서서히 가라앉을 무렵.

　탕탕탕!

　조총의 총성이 울리더니 왜군이 먼저 선제공격을 해왔다.

　이혼은 시야를 가리는 먼지를 밀어내며 평양성 주위를 둘러보았다.

평양성에서 가장 지대가 높아 평소에 주변감시용으로 사용하는 모란봉이 먼저 눈에 들어왔는데 조총 총성은 그 주위서 들려왔다.

평양성은 평양 남쪽을 흐르는 대동강과 서쪽을 흐르는 보통강 사이에 들어앉아있었는데 북동쪽 끝에 있는 모란봉에서 시작하여 남서쪽으로 갈수록 호리병처럼 공간이 넓어지는 형태를 보였다.

성벽의 위치로 보면 크게 네 개의 공간으로 나눌 수 있었다.

먼저 북동쪽에 모란봉이 있었다.

그리고 모란봉 왼쪽으로 내성, 중성, 외성이 차례대로 위치해 있었다.

공간은 모란봉이 가장 좁았으며 외성이 가장 넓었다.

또, 성마다 문이 따로 있었는데 내성 문이 그 유명한 칠성문이었다.

왜군은 모란봉과 칠성문을 굳게 지키며 포위한 명군에 총을 쏘았다.

그 순간.

"와아아!"

함성소리가 천지를 진동하더니 명의 대군이 칠성문으로 진격했다.

형 이여송의 움직임을 유심히 지켜보던 이여백 역시 칼

을 뽑았다.

"우리도 진격한다!"

이여백의 지시에 명군이 외성으로 달려가기 시작했다.

이혼은 잠시 지켜보다가 한극함에게 고개를 끄덕였다.

"공격을 시작하시오. 단, 깊이 들어갈 필요 없소."

"그럼 명군이 모든 공을 차지하지 않겠습니까?"

"이번 전투는 오늘 하루에 끝날 게 아니오."

"예, 저하."

한극함은 전령을 보내 중군과 좌우군을 모두 움직였다.

평안도와 황해도 병력으로 이루어진 좌우군은 화살을 쏘며 성벽으로 달려간 반면, 중군을 이루는 근위사단은 대나무방패를 밀며 거리를 조금씩 좁혀가다가 어느 순간, 조총을 발사하기 시작했다.

탕탕탕!

왜군과 조선군 양 측은 원거리무기를 발사하며 치열하게 교전했다.

이혼은 조선군이 지시대로 깊이 들어가지 않는 걸 보며 안심했다.

'오늘은 전력을 비축해야한다.'

그때였다.

명군이 공격하는 내성 쪽에 무슨 일이 생겼는지 소란이 크게 일었다.

이혼은 급히 그쪽으로 달려가 지켜보았다.

여기서 만약 명군이 무너지면 조선군은 측면이 뚫려버리는 것이다.

공성병기로 성문을 공격하던 명군이 갑자기 후퇴했다.

따라온 정탁이 탄복한 얼굴로 고개를 끄덕였다.

"유인계입니다."

"나도 그렇게 보았소."

이혼은 평양성전투의 전개과정을 이미 알았다.

그래서 명군이 후퇴할 때 크게 당황하지 않았던 것이다.

정탁의 말대로 이여송은 명군이 왜군을 이기지 못해 퇴각하는 거처럼 군을 진채로 다시 불러들였는데 왜군은 이에 속아 넘어갔다.

성벽을 넘어 명군을 추격하던 왜군은 좌우에서 급습해 온 매복공격에 크게 당해 수십 구의 시신을 남겨둔 채 황급히 퇴각하였다.

그 날 낮의 전투는 그걸로 끝이 났다.

이여송은 첫날의 전과에 만족했는지 군을 일찍 철수했다.

한데 첫 날의 전투가 온전히 끝난 건 아니었던 모양이었다.

자정을 갓 넘은 시각.

장수들을 불러서 밤늦게 회의에 열중하던 이혼은 함성

소리를 들었다.

"무슨 일이지?"

이혼은 밖으로 나와 함성소리가 들려온 방향을 바라보았다.

함성소리는 명군의 진채에서 들려왔다.

"소장이 가서 무슨 일인지 알아보겠습니다."

"그리하시오."

경험이 많은 1연대장 유경천이 말에 올라 급히 명군 진채로 떠났다.

그때였다.

누가 불화살을 쏘는지 붉은 선 몇 개가 유성처럼 허공을 갈랐다.

유경천은 자정이 훨씬 지나서야 다시 돌아와 보고했다.

"왜군의 별동부대가 명군 진채 후방을 갑자기 기습해왔는데 이여송제독이 직접 불화살로 반격을 하여 다시 쫓아보낸 거 같습니다."

"수고했소."

이혼은 경계서는 병력 외에는 모두 쉬게 했다.

평양성전투의 첫 날은 왜군의 기습을 끝으로 끝이 났다.

다음 날 아침, 명군은 아침을 먹기 무섭게 바로 공세에 들어갔다.

이번 목표는 중성에 있는 보통문이었다.

4만여 대군이 일제히 몰아치니 성은 금방 떨어질 거 같았다.

이혼 역시 외성을 공격해 명군으로 집중되는 왜군을 분산시켰다.

그러나 왜군 역시 쉽게 포기하지는 않았다.

성문을 열더니 보통문을 공격하는 명군에 맞서 백병전을 전개했다.

그러나 숫자가 몇 배에 달하는 명군을 이겨내지 못했다.

더욱이 명군 안에는 절강에서 올라온 남병(南兵)이 대거 속해 있었다.

요동성에 있는 북방의 병력은 주로 기병이었다.

반면, 남쪽에 있는 절강병(浙江兵)은 보병이 주를 이루었는데 이 절강병은 왜구를 중국 해안에서 몰아낸 척계광(戚繼光)의 절강병법을 제대로 습득해 왜군을 상대하는 방법을 일찍부터 파악했다.

이여송의 친위대는 당연히 북방의 기병이었는데 기병은 효과를 거두지 못했지만 절강병의 활약 덕분에 왜군을 성으로 몰아넣었다.

그렇게 두 번째 날이 저물었다.

그리고 마침내 세 번째 날의 동이 터왔다.

이여송은 이여백을 통해 지시를 전했다.

"우리 명군이 내성과 중성을 몰아칠 테니 조선군은 외

성을 공격해 내성 안으로 왜군을 몰아넣은 다음, 같이 협공하도록 합시다."

이여백은 이여송의 지시를 자세히 전했는데 이여송이 만든 작전에 따르면 조선군은 조승훈, 낙상지 등의 명군 장수들과 함께 외성에서 중성으로 들어가는 함구문(含毬門)을 공격하라는 거였다.

이혼은 미간을 찌푸리며 물었다.

"다른 명군들은 어떻게 움직이기로 하였소?"

이여백은 큰 비밀은 아닌지 바로 대답해주었다.

"오유충과 사대수군대는 모란봉을, 중군의 양원과 장세작장군은 칠성문을, 나와 이방춘(李芳春)이 보통문을 공격하기로 하였습니다."

병력을 네 갈래로 나눈 이여송은 모란봉, 칠성문, 보통문, 함구문을 동시에 공격해 왜군을 내성으로 몰아넣을 계획을 세운 듯했다.

이혼은 고개를 저었다.

"우리 조선군의 숫자가 장군의 병사보다 많은데 어찌 함구문을 공격하는 일에 만족할 수 있겠소. 형님에게 가서 우리가 보통문을 맡을 터이니 함구문과 모란봉 쪽에 병력을 더하도록 하시오. 그러면 자연히 병력을 보충하여 일이 더 쉬워지지 않겠소이까?"

잠시 생각에 잠겨있던 이여백이 고개를 끄덕였다.

"좋습니다. 대신, 책임을 지셔야합니다."

"물론이오."

이여백은 이혼의 의견을 이여송에게 전했다.

얼마 후, 이여백이 돌아와 이여송이 승낙했음을 전했다.

이제 보통문의 함락은 오로지 조선군에게 달린 셈이었다.

이여송은 그 날 밤 부대 배치를 수정해 전군에 알렸다.

오유충과 사대수, 이방춘은 모란봉을, 장세작과 양원은 전처럼 칠성문을, 이여백과 조승훈, 낙상지는 함구문을 공격하기로 하였다.

또, 보통문은 조선군에게 맡겨 네 방향에서 동시에 치기로 결정했다.

이여송의 승낙을 보고받은 이혼은 각 부대에 공격준비를 지시했다.

그때였다.

명군 진영에서 전령이 새로 도착했는데 처음엔 명군인지 알았다.

그러나 한극함이 불러 조사해보니 유성룡이 몰래 보낸 전령이어서 이혼은 주변을 물린 채 자신의 막사에서 전령을 불러 만났다.

"유성룡대감이 뭐라 하더냐?"

이혼의 질문에 전령이 대답했다.

"명군이 오늘 전력을 다해 공성하기로 작정하였으니 분

명 성은 오늘내일 안으로 떨어질 거라 생각합니다. 그때, 살아남은 왜군은 분명 대동강을 건너 도성으로 도망칠 텐데 이에 대한 대비가 필요합니다. 유성룡대감은 이 주변 지리를 황해도 병력이 잘 알 테니 왜군의 추격을 맡기는 게 어떻겠냐는 말을 전하라 했습니다."

"알았다."

"그럼 소인은 이만."

다시 말에 오른 전령은 가쁜 숨을 몰아쉬며 명군 진채로 돌아갔다.

이혼은 정탁에게 물었다.

"유성룡대감의 작전을 어떻게 생각하시오?"

"괜찮은 거 같습니다."

"그럼 참모장이 황해사단의 이시언, 김경로를 찾아가 명을 전하시오."

"알겠습니다."

한극함은 바로 우군을 찾아가 이혼의 명을 전했다.

명을 받은 이시언은 평양성전투에서 빠지게 되어 기분이 좋지 않아 보였지만 명을 따를 수밖에 없어 군을 곧 남쪽으로 옮겼다.

셋째 날 아침.

왜군이 조총을 사격하기 무섭게 명군 역시 움직임을 보였다.

먼저 명군이 자랑하는 각종 야포들이 일제히 불을 뿜기 시작했다.

펑펑펑!

구경이 큰 불랑기포부터 구경이 작은 호준포까지 총동원이 되었다.

이미 야포를 도입한 이혼마저 감탄성을 발했다.

수십 문의 야포가 동시에 불을 뿜어대니 천지가 개벽하는 듯했다.

그리고 발사할 때 생긴 연기가 평양의 하늘을 뒤덮었다.

분명 해가 쨍쨍한 낮임에도 화약 연기로 인해 밤처럼 보였다.

왜군은 엄청난 화력에 놀란 듯 성첩에 거북이처럼 몸을 웅크렸다.

야포 앞에서 왜군의 조총은 그다지 힘을 쓰지 못했다.

참모장 한극함이 다가왔다.

"우리도 화포를 쏠까요?"

이혼은 바람에 실려 온 화약 연기를 손부채로 흩어내며 대답했다.

"용란의 재고가 충분하기는 하지만 장기전으로 변할지 모르니 아껴두시오. 우리 군의 최종목표는 평양성이 아니라, 도성수복이오."

"알겠습니다."

한극함이 대답하는 순간.

귀청을 찢을 거 같던 명군의 야포소리가 뚝 그쳤다.

그리고 그와 동시에 불화살 수백 개가 평양성으로 날아갔다.

성벽을 넘은 불화살이 내성에 화재를 일으켰는지 연기가 치솟았다.

'저런 지옥에서는 살아남기 힘들겠군.'

유성룡의 말대로 명군은 이른 아침부터 모든 화기를 총동원했다.

포탄이 떨어질 때마다 돌조각이 사방으로 비산했다.

또, 산탄이 우박처럼 날아가며 왜군이 머리를 들지 못하게 만들었다.

거기에 불화살마저 합세하니 검은 연기가 하늘에 충천했다.

제독 이여송은 첫날, 둘째 날과 달리 이번에는 직접 군마에 올라 전선을 돌아다니며 부하들을 독려했는데 그 주위를 기병 1백 여기가 호위하기 위해 따르니 그 기세가 가히 경천동지할 만하였다.

그러나 왜군 역시 끈질겨 쉽사리 성문을 내어주지 않았다.

어차피 성문이 뚫리면 도망칠 곳이 없었다.

남쪽은 대동강, 북쪽, 서쪽, 동쪽은 모두 포위당해 대동강을 건널 동안, 상대가 기다려주지 않는 이상에는 전멸을 각오해야했다.

어차피 죽을 목숨이라면 싸워서 죽을 생각인지 왜군의 반격이 아주 매서워 성벽을 기어오르는 명군의 피해가 빠르게 늘어났다.

명군이 야포와 불화살로 공격할 때는 성첩 뒤에 숨어 있다가 명군이 성벽을 오르기 시작하자 바로 반격에 나서 조총을 쏘아댔다.

그리고 끓는 물과 큰 돌을 굴리니 명군이 정신을 차리지 못했다.

명군은 압도적인 전력을 가지고도 점차 물러서기 시작했다.

명의 장수들이 독려해보았으나 소용이 없었다.

물론, 그 중 가장 화가 난 사람은 명군 제독 이여송이었다.

기세 좋게 공격을 시작한 건 좋았는데 그 후 결과가 좋지 않았다.

이여송은 몇 번이나 직접 싸우려다가 참모들의 거센 제지를 받았다.

여기서 제독 이여송이 다치거나, 죽어버리면 명군은 압도하는 병력을 소유하고도 평양성의 왜군과 장기전을 각

오해야할 판이었다.

"젠장할!"

상소리를 뱉은 이여송은 도망치는 병사를 잡아와 직접 목을 쳤다.

그리고 자른 머리를 사방에 내보이며 소리쳤다.

"도망치는 놈은 내가 먼저 목을 벨 것이다!"

이여송의 엄포에 명군은 다시 성벽으로 달려갔다.

이여송은 또 주위 병사들에게 선언했다.

"성벽을 가장 먼저 오르는 자에게는 은 5천 냥을 주겠다!"

이여송의 말에 사기가 오른 명군은 성벽을 강하게 들이쳤다.

심지어 오유충(吳惟忠)은 가슴에 탄환을 맞았지만 계속 독려했다.

그때였다.

절강출신 장수 낙상지(駱尙志)가 긴 창과 방패를 들더니 함구문(含毬門)의 성벽을 올라가기 시작했다. 도중에 왜군이 던진 큰 돌에 다리를 다쳤지만 개의치 않은 그는 마침내 성첩 위에 도달했다.

둥둥둥!

그 뒤를 절강병이 전고를 치며 따르니 함구문이 마침내 떨어졌다.

명군은 바로 성벽에 박혀 있는 왜군의 기치를 꺾어버렸다.

　그리고 그 자리에 명군이 기치를 달아 점령사실을 알렸다.

　평양성의 내성, 중성, 외성 중에 먼저 외성을 탈환한 것이다.

　한편, 내성의 칠성문을 공격하던 명군 본대는 왜군의 강력한 저항에 막혀 있었는데 이여송은 야포를 가까이 가져와 공격하게 하였다.

　펑펑!

　포성이 울리는 순간, 칠성문의 성루가 무너지며 공간이 드러났다.

　"와아아!"

　함성을 지른 명군 본대는 마침내 내성으로 쏟아져 들어갔다.

　왜군은 명군을 피해 막사로 도망쳤으나 명군은 불화살을 쏘아 통째로 태워버렸다. 그 바람에 사람 타는 냄새가 천지에 진동했다.

　조선군 역시 명군에 뒤질 새라 마침내 성문을 열었다.

　"1연대가 중성에 있는 보통문을 돌파했습니다!"

　참모장 한극함의 보고에 이혼은 급히 물었다.

　"중성에 있는 왜군의 숫자는 얼마나 되는 거 같소?"

"내성으로 모두 도망쳤는지 얼마 없는 거 같습니다."

"그럼 중군이 먼저 중성에 입성하도록 하시오."

"예!"

한극함은 이혼의 지시를 중군과 좌군에 빠르게 전했다.

근위사단이 먼저 중성에서 내성으로 진격해 압박을 가했다.

그리고 그 뒤를 좌군마저 따르니 이제 왜군은 고립무원에 처했다.

10장. 다시 한 번 도성으로

NEO ALTERNATIVE HISTORY FICTION

## 10장. 다시 한 번 도성으로

　조명연합군은 네 방향에서 왜군을 내성 안으로 몰아붙여갔다.

　먼저 제독 이여송이 지휘하는 명군 3만여 본대가 칠성문을 통해서 내성으로 진격해 들어가며 왜군 수백, 수천명을 몰살시켰다.

　그리고 명군 장수 이여백, 낙상지, 조승훈 등은 외성에서 중성으로 들어가는 함구문을 공격했는데 낙상지의 분전으로 함구문 점령에 성공해 남쪽에서 내성 방향으로 진격을 서두르는 중이었다.

　또, 모란봉을 공격한 오유충과 사대수, 이방춘도 점령에 성공했다.

마지막으로 조선군은 중성으로 들어가는 보통문을 공격해 함락했다.

사실, 조선군은 명군보다 훨씬 빠른 속도로 보통문 점령이 가능했는데 용란을 아끼라는 이혼의 지시에 의해 시간이 약간 늦어졌다.

어쨌든 네 방향에서 들이쳐 왜군을 내성 안으로 모는데 성공한 조명연합군은 왜군의 숨통을 끊기 위해 빠르게 진격해 들어갔다.

중군을 지휘하며 보통문을 지난 이혼은 명군이 점령한 함구문을 이용해 내성 안으로 들어갔는데 살아있는 왜군이 거의 없었다.

주위를 둘러보던 한극함이 기뻐했다.

"성을 마침내 떨어트린 모양입니다."

이혼은 고개를 저었다.

"아니오. 왜군은 아직 많이 남아 있소."

정탁이 의아해하며 물었다.

"어디에 있다는 말씀입니까?"

"놈들은 토굴을 파서 그 안에 들어가 항전할 생각이오."

이혼의 말이 끝나기 무섭게 조총의 총성이 어지럽게 울리더니 연광정(練光亭)으로 진격하던 명군 앞 열이 그대로 허물어져버렸다.

그 뿐만이 아니었다.

점령한 줄 알았던 칠성문과 보통문, 함구문에서 왜군이 나와 조총으로 근처에 있는 명군과 조선군을 공격하니 아수라장으로 변했다.

왜군이 성루와 성벽 밑에 토굴을 파서 지하요새로 만들어둔 것이다.

조총을 쏜 왜군은 명군과 조선군이 공격할라 치면 토굴 안으로 재빨리 도망쳐서 다시 조총을 쏘아대니 사상자가 갈수록 늘었다.

심지어 제독 이여송이 탄 군마마저 조총에 맞아 쓰러질 지경이었다.

이여송은 급히 군마를 바꿔 탄 채 지시를 내렸다.

"땔감을 가져와 토굴을 깡그리 불질러버려라!"

그러나 땔감을 토굴에 쌓기도 전에 왜군이 맹공격을 가해와 병사들이 쓰러졌다. 이에 크게 놀란 이여송은 병력을 철수하려 하였다.

한극함이 화들짝 놀라 이혼에게 물었다.

"저하, 명군이 물러서면 조선군 단독으로 작전을 펼치는데 어려움을 많을 겁니다. 병사들이 지쳤으니 같이 퇴각하는 게 어떻습니까?"

이혼은 단호한 표정으로 고개를 저었다.

"이쯤에서 명군이 물러서는 게 오히려 낫소."

"그게 무슨 말씀이십니까?"

"명군은 왜군과 평양성에 잡혀있는 조선 백성을 구분하지 못하오."

정탁이 심각한 얼굴로 이혼의 말에 동의했다.

"신도 저하의 생각과 같습니다. 명군이 계속 전투를 벌이면 왜군과 조선백성을 옥석구분(玉石俱焚)하여 피해가 더 커질 겁니다."

그때, 이여송이 사람을 보내 조선군도 퇴각하라 명했다.

그러나 이혼은 퇴각하는 명군을 둔 채, 조선군으로 왜군을 상대했다.

먼저 토굴 앞에 대나무방패를 펼쳐 왜군의 조총공격을 차단했다.

또, 바로 병력을 분산배치에 고니시 유키나카가 있는 연광정에는 1연대를, 함구문에는 2연대를, 보통문에는 3연대를, 칠성문에는 5연대를 배치했으며 본대는 내성 중앙에 기병연대와 대기했다.

기동이 어려워 평양성으로 들어오지 못한 포병연대는 현재 본부연대와 유격연대 등의 호위를 받으며 성 밖 진채에 머물러있었다.

조선군은 엄밀한 방어막을 쳐서 왜군의 공세를 빠르게 차단했다.

왜군은 전처럼 토굴에서 기어 나와 기습하려 하였다.

그러나 엄밀한 방어막을 뚫지 못해 별다른 성과를 거두지 못했다.

양군은 토굴과 대나무방패를 사이에 둔 채 조총과 화살을 발사했다.

이혼은 좌군을 지휘하는 정희현과 김응서를 불렀다.

"두 장군은 평양성 안에 있는 조선백성들을 밖으로 대피시키시오."

정희현이 놀라 소리쳤다.

"그럼 근위사단 혼자서 왜군을 상대해야합니다."

"알고 있소. 서두르시오. 명군이 지른 불길이 민가에 옮겨 붙었소."

"알, 알겠습니다."

정희현과 김응서는 평양성에 있는 조선백성들을 밖으로 대피시켰다.

이혼은 그 사이 사명대사를 불렀다.

사명대사는 스승인 서산대사의 명을 받아 승병 2천과 합류해있었다.

"부르셨사옵니까?"

"승병은 용감하니 내 특별히 부탁을 하나만 해야겠소."

"말씀하십시오."

이혼은 사명대사에게 죽폭을 보여주었다.

"이건 죽폭인데 법흥사에서 사용하는 법을 배웠을 것이오."

"예, 법흥사에서 근위사단 교관이 사용하는 걸 본 적이 있습니다."

"이걸로 토굴 입구를 공격할 수 있겠소?"

"알겠습니다."

바로 승낙한 사명대사는 죽폭을 승병들에게 나누어주었다.

의주에서 만든 죽폭이 수천 개에 달해 한 명당 두 개씩 지급받았다.

승병들은 이내 불을 붙인 죽폭을 든 채 토굴로 뛰어가 투척했다.

탕탕!

많은 승병이 그 와중에 목숨을 잃었지만 두려워하는 승병은 없었다.

펑펑펑!

승병이 던진 죽폭이 토굴 입구에서 터지며 왜군 방어가 흔들렸다.

이혼은 바로 명을 내렸다.

"모든 병력은 토굴을 집중 공격하라!"

명을 받은 병사들은 토굴 안에 조총의 탄환과 화살을 쏟아 부었다.

압도적인 화력으로 제압한 후에는 병력을 안으로 들여보냈다.

그 날 밤, 죽폭과 병사들의 희생을 발판으로 토굴점령에 성공했다.

다행히 소탕작전을 진행하는 동안, 항복하는 왜군이 늘어 속도가 빨라졌는데 연광정에 있는 고니시군의 본대는 끝까지 저항했다.

다른 토굴은 몰라도 연광정의 토굴은 점령하기 쉽지 않았다.

정탁은 토굴에서 실려 나오는 조선군 병사들을 보며 고개를 저었다.

"이러다가 토굴에서 다 죽겠습니다."

이혼 역시 마음이 아프기는 마찬가지였다.

토굴에서 죽기 살기로 저항해오는 왜군으로 인해 피해가 막심했다.

그때, 이혼의 머릿속에 어젯밤 유성룡의 조언을 받아 평양에서 도성으로 가는 길을 끊은 우군, 즉 황해사단의 병력이 떠올랐다.

이혼은 정탁을 보았다.

"고니시 유키나카에게 항복을 권하는 사자를 보내야겠소."

"쉽게 항복하지 않을 겁니다."

"맞소. 그러나 죽기 싫은 건 모두 마찬가지일 테니 고착된 전선에 돌파구가 생길 것이오. 병사의 희생이 늘기 전에 서둘러주시오."

"예, 저하."

정탁이 왜국 말을 하는 역관을 불러 준비하는 동안.

이혼은 토굴을 공격하는 병력을 철수시켰다.

왜군 역시 조선군이 물러남에 따라 토굴에 틀어박혀 나오지 않았다.

시끄럽게 들려오던 조총의 총성이 간헐적으로 들려올 무렵.

정탁은 사자의 자격으로 연광정에 있는 고니시군 수뇌부를 만났다.

고니시 유키나카는 사위 소 요시토시를 보냈다.

정탁이 먼저 입을 열었다.

"이대로 있어봐야 그대들이 전멸하는 건 시간문제요."

"우리는 항복할 생각이 없으니 마음대로 하시오."

"장수의 고집으로 희생될 부하들은 전혀 생각지 않으시오?"

잠시 움찔한 소 요시토시는 고개를 저었다.

"어차피 전투에 따라나선 순간부터 목숨은 하늘에 달려 있는 것이오."

정탁은 이혼이 내세운 조건을 그대로 전했다.

"그럼 이렇게 합시다. 이대로는 양측의 손실이 커지기만 할 뿐이니 퇴로를 열어주겠소. 그리고 평양성에선 추격하지 않을 것이오."

소 요시토시가 코웃음을 치며 물었다.

"그 말을 믿으라는 거요?"

"조선의 세자저하께서 직접 약조하는 내용이오. 그러니 틀림없소. 다시 말하지만 평양성의 조선군은 절대 당신들을 쫓지 않겠소."

고뇌하던 소 요시토시가 고개를 들었다.

"장인어른께 여쭈어 볼 테니 기다리시오."

"좋소."

소 요시토시는 바로 연광정 아래 토굴로 돌아가 고니시 유키나카에게 이혼의 제안을 전했는데 고니시 유키나카는 바로 승낙했다.

고니시 유니카카는 상인출신에 기독교인이었다.

다른 영주들처럼 할복하거나, 옥쇄할 생각이 처음부터 없었다.

소 요시토시가 다시 돌아와 정탁에게 요구를 전했다.

"조선 세자의 인장이 적힌 정식문서를 주시오. 그럼 생각해보겠소."

"기다리시오."

정탁은 돌아가서 고니시 유키나카의 요구를 전했다.

이혼은 바로 조선 세자의 인장이 적힌 문서를 적어 주었다.

평양성의 조선군은 왜군을 절대 쫓지 않을 거란 내용의 문서였다.

이혼은 내친김에 평양성에서 군을 완전히 물렸다.

평양성을 나오는 조선군을 보며 명군은 탐탁지 않은 표정을 지었다.

이혼이 이여송의 퇴각 지시를 무시한 채 토굴을 공격한 데 이어 단독으로 고니시 유키나와 협상해 왜군의 퇴각을 유도한 것이다.

사실, 이여송 역시 왜군의 토굴을 공격하다가 큰 피해를 입은 상태여서 왜군이 퇴각하도록 만들 생각이었는데 이혼이 선수를 쳤다.

어쨌든 그 날 밤, 왜군은 토굴을 나와 얼어붙은 대동강을 넘었다.

1만이 훌쩍 넘던 병력이 불과 3, 4천으로 줄어있었다.

이혼은 약속대로 평양성의 조선군을 움직이지 않았다.

추격해오지 않는다는 사실을 확인한 고니시군은 남진을 서둘렀다.

유경천과 기병연대장 권응수 등이 이혼을 찾아왔다.

"저하, 왜군을 이리 보내실 생각입니까?"

"그렇소."

"지금이라도 추격해야합니다. 놈들을 이대로 보낼 수는 없습니다."

"이미 고니시 유키나카에게 추격하지 않을 거라는 문서를 써주었소."

유경천과 권응수가 다시 따지려는 순간, 정탁이 두 사람을 말렸다.

"전날 저하께서 유성룡대감과 협의해 세운 계책이 있으니 그 점은 걱정하지 마시오. 왜군은 도성에 무사히 도착하지 못할 것이오."

정탁 말처럼 이혼은 유성룡에게 조언을 얻어 황해사단을 왜군이 퇴각하는 길목에 배치했다. 이혼이 고니시 유키나카에게 한 약속은 평양성의 조선군이 추격하지 않는다는 말이지 조선군 전체가 도성으로 도망치는 고니시군을 그냥 지켜본다는 건 아니었다.

정탁의 설명에 수긍한 유경천과 권응수는 자기 부대로 돌아갔다.

이혼은 군막을 나가는 두 사람을 보며 한극함에게 물었다.

"황해사단을 지휘하는 장수가 누구라 했소?"

"이시언과 김경로입니다."

"이시언이라……."

이호은 이시언에 대한 기록을 읽은 적이 있었다.

한데 무슨 내용인지는 정확히 기억나지 않았다.

정탁이 의아해하며 물었다.

"마음에 들지 않는 점이라도 있으십니까?"

"이시언은 어떤 사람이오?"

"그렇게 물으시니 딱히 대답해드릴 만한 건 없습니다
만……. 그는 능력은 출중한데 전공에 대한 욕심이 과한
사람이라 들었습니다."

이혼은 그제야 이시언에 대해 읽었던 기록이 무엇인지
떠올랐다.

벌떡 일어난 이혼은 전령을 불렀다.

"황해사단 이시언장군을 찾아가 전공에 욕심을 부리면
죄를 물을 거라 전해라. 만약, 일이 벌어진 후면 상세히 조
사해 돌아오도록."

"예, 저하."

전령은 급히 말에 올라 남쪽으로 떠났다.

전령을 배웅한 정탁이 돌아와 물었다.

"일이 벌어진 후라는 게 무슨 뜻입니까?"

"지금은 그렇게 되지 않기를 바랄 뿐이오."

이혼은 걱정 어린 시선으로 전령이 떠난 남쪽을 보았다.

한편, 그 시각.

이혼의 명을 받아 도성으로 가는 길목을 차단한 황해사단 병력 3천은 김경로가 2천, 이시언이 1천을 맡아 길목에 매복해 있었다.

　매복한 위치는 길목의 위 왼쪽에 김경로가, 아래 오른쪽에 이시언이 있었는데 왜군이 지나갈만한 길은 근처에 이곳 밖에 없었다.

　조선군처럼 왜군 역시 비전투원이 생각보다 많았다.

　군량이나, 말먹이와 같은 치중(輜重)을 옮기는 잡부부터 부상병을 치료하는 의원, 심지어 일부 영주는 광대나, 예인마저 데려왔다.

　군대가 보유한 물건 중 사람이 질 수 없는 물건은 수레에 실어 옮겨야하는데 그러기 위해서는 잘 닦인 도로가 반드시 필요했다.

　김경로는 굳은 믿음으로 왜군이 오기를 기다렸다.

　한겨울에 야산 안에서 매복하는 일은 결코 쉽지 않았다.

　더구나 발각될 가능성이 있어 불을 전혀 피우지 못했다.

　김경로야 두정갑 위에 짐승의 가죽으로 만든 외투를 덮어 그나마 추위를 견딜 수 있었지만 병사들은 그렇지 못해 고생이 심했다.

　그저 서로가 가진 체온을 나눠주며 버티는 게 고작이었다.

이가 부딪치며 딱딱거리는 소리가 곳곳에서 들려올 무렵.

마침내 기다렸던 왜군 선봉이 모습을 드러냈다.

성급한 병사 몇 명은 급히 몸을 일으키려 했는데 김경로가 말렸다.

"더 올 때까지 기다려라."

얼마 지나지 않아 패주한 왜군 본대가 마침내 모습을 보였다.

왜군은 자신의 소속과 위세를 보이기 위해 기치를 많이 이용했다.

그러나 지금은 적을 피해 도망치는 중이어서 기치가 거의 없었다.

왜군은 피곤한 얼굴로 남쪽을 향해 서둘러 걸음을 옮겼다.

부상을 입었거나, 굶주림에 낙오한 병사를 돌볼 여유마저 없었다.

김경로는 때가 왔음을 직감했다.

"지금이다!"

김경로의 외침에 병사들은 기다렸다는 듯 모아놓은 모닥불에 불을 붙였다. 어떻게든 빨리 이 추위를 벗어나는 게 급선무처럼 보였다.

모닥불이 타오르는 순간.

기습을 눈치 챈 왜군의 진형이 크게 흐트러졌다.

놀란 왜군 일부가 사방으로 흩어지며 순식간에 난장판으로 변했다.

김경로가 벌떡 일어나 외쳤다.

"쏴라!"

조선군은 미리 준비한 불화살 화살촉에 모닥불을 붙여 발사했다.

쉬이익!

경쾌한 파공음을 내며 날아간 화살이 왜군 머리에 떨어졌다.

가히 수백 발의 화살이 허공을 가르는 모습은 장관이 따로 없었다.

마치 불이 붙은 별똥별 수백 개가 동시에 떨어지는 듯했다.

화륵!

불화살이 길에 미리 깔아둔 짚단에 불을 붙였다.

때가 겨울이어서 여름처럼 강력하지는 않았지만 불길이 사방으로 번지며 진형이 흐트러진 왜군을 화마의 지옥 속으로 끌어당겼다.

여기저기서 몸에 불이 붙은 왜군이 비명을 지르며 쓰러졌다.

그야말로 아비규환이었다.

김경로가 숨어있던 나무 뒤에서 나오며 소리쳤다.

"공격하라!"

그 말에 병사들이 벌떡 일어나 길을 향해 달려 내려갔다.

몸이 굳어서인지 몇 명은 일어나다가 다시 쓰러졌지만 대부분의 병사들이 언덕을 내려가 흩어지는 왜군에게 칼과 창을 찔렀다.

기습에 크게 당한 왜군은 서둘러 남쪽으로 도망쳤다.

그러나 이미 천여 명이 넘는 병력이 기습에 당해 이탈한 후였다.

그때였다.

미친 듯이 도망치던 왜군이 갑자기 언덕을 올라갔다.

고니시 유키나카 등 경험 많은 장수들이 진중에 많아서인지 매복이 한 번으로 끝나지 않을 것임을 미리 파악해 선수를 친 것이다.

"이런!"

급히 매복을 푼 이시언은 부하들을 보내 왜군을 추격하게 하였다.

그러나 자라보고 놀란 가슴 솥뚜껑보고 놀란다는 말처럼 이시언의 부하를 본 왜군은 사력을 다해 도성이 있는 남쪽으로 도망쳤다.

이시언은 배가 아팠다.

김경로는 적지 않은 전공을 세웠는데 이시언은 손가락만 빨게 생겼으니 전공에 욕심이 많은 이시언이 그냥 있을 리가 만무했다.

이시언은 왜군을 놓친 게 동작이 굼뜬 노병들 탓으로 여겼다.

실제로는 추워서 몸이 얼어붙은 탓이지만 그는 이미 이성을 잃었다.

이시언은 부장에게 나이든 병사들을 한데 모으게 했다.

"다 모았습니다."

부장의 보고에 이시언이 살기 가득한 눈빛을 쏟아냈다.

"모두 죽여라. 그리고 수급을 베어와라. 그 수급을 상부에 낼 것이다."

"예에?"

놀라 반문하는 부장을 향해 이시언은 번개같이 칼을 뽑아 겨누었다.

"지금 군령을 따르지 못하겠다는 말이냐?"

"그, 그게 아니라, 왜 우, 우리 병사들을……."

"저 놈들이 굼벵이처럼 굼떠서 작전에 실패하였으니 그 벌이니라. 쓸모없는 자들은 이렇게라도 나라에 보탬이 돼야지 않겠느냐?"

부장은 어느새 침착한 표정으로 돌아와 있었다.

"저들이 비록 나이가 들긴 했사오나 경험은 오히려 젊은이보다 낫습니다. 또, 저들을 베시면 군대의 사기가 땅에 떨어질 겁니다."

눈이 살기로 이글거리는 이시언은 칼로 부장의 목을 계속 압박했다.

"상관없다. 베지 못하겠으면 말해라. 내가 먼저 네 놈을 베어주마."

부장은 무릎을 털썩 꿇었다.

"군령을 따르지 못하겠으니 저를 먼저 베십시오."

"좋다. 네 놈을 먼저 베어주마!"

소리친 이시언이 칼을 휘두르려는 순간.

"이게 무슨 짓이오?"

황급히 달려온 김경로가 이시언의 팔을 잡았다.

김경로 옆에는 이혼이 보낸 전령이 함께 있었는데 전령에게 이시언의 동태를 살피라는 이혼의 명을 들었는지 김경로가 직접 왔다.

이시언을 밀쳐서 쓰러트린 김경로가 부장에게 명했다.

"내가 책임질 테니 이 자를 포박하게."

"옛!"

대답한 부장은 이시언을 포승줄로 단단히 옭아맸다.

이시언이 길길이 날뛰었으나 김경로는 꿈쩍하지 않았다.

"네 놈의 죄는 세자저하께서 직접 벌할 것이다."

이시언의 체포로 평양성 전역은 끝이 났다.

이혼은 돌아온 김경로에게 후한 상을 내린 후 한극함에게 물었다.

"이시언의 죄에 합당한 처벌은 무엇이오?"

"전공에 눈이 멀어 부하를 죽이려 하였으니 당장 참수해야합니다."

이혼은 정탁을 보았다.

"공의 생각은 어떻소?"

"신 역시 마찬가지입니다. 이시언을 참하여 군율을 바로 세우십시오."

고민하던 이혼은 결국 헌병대장(憲兵隊長)을 불렀다.

얼마 전, 근위사단의 군기감찰을 위해 헌병대(憲兵隊)를 창설했다.

"부르셨사옵니까?"

"황해도 좌방어사 이시언을 군기문란과 살인미수의 죄로 참하라."

"예, 저하."

명을 받은 헌병대장은 바로 이시언을 참하였다.

부하를 죽여 그 수급으로 자기 공인 냥 조작하려던 자의 말로였다.

다음 날, 기세가 오른 이여송은 본대를 남쪽으로 진격시켰다.

마침내 도성 수복을 위한 작전에 들어간 것이다.

이혼은 혹시 몰라 평양성에 평안사단을 남겨서 지키도록 하였다.

평안사단의 임시 사단장으로 임명한 김응서에게 당부했다.

"왜적이 오랫동안 점령했던 성이니 먼저 백성을 위무하는데 주력하시오. 그리고 부족한 식량은 다른 고을에서 변통하도록 하시오."

"예, 저하."

뒤를 단단히 굳힌 이혼은 근위사단, 황해사단 병력 1만5천을 지휘하여 한 발 먼저 출발한 명군 본대 뒤를 따라 남하하기 시작했다.

이혼은 남쪽으로 내려가는 길이 편치 않았다.

'평양성전투 다음은 벽제관(碧蹄館)전투인데 어떻게 될지 모르겠군.'

벽제관은 지금의 고양시 벽제역에 설치한 객관(客館)이었다.

중국에서 사신이 왔을 때 이 벽제역에 있는 객관에서 하루를 반드시 머물렀기에 외교적으로 중요한 곳이었으며 또 도성과 아주 가까워 이곳을 점령한다면 도성수복의 거점으로 삼을 수 있었다.

기세 좋게 내려간 이여송은 파주에 진채를 내렸다.

이제 경기도에 진입을 했으니 도성의 수복은 시간문제로 보였다.

이혼 역시 이여송의 진채에서 그리 멀지 않은 곳에 진채를 내렸다.

장수와 병사들이 바삐 움직이며 진채를 막 완성했을 무렵.

유성룡의 전령이 도착했다.

"이제독이 정찰을 위해 도성으로 안내해줄 병력을 보내달라합니다."

이혼은 잠시 고민하다가 3연대장 조경을 불렀다.

정탁이 평하기로 조경은 아주 신중하며 통찰력이 뛰어난 장수였다.

다른 장수로는 정문부나, 독립정찰대 강문우, 유격연대 최배천 등이 후보로 떠올랐으나 그들은 경기도 지리에 어두운 편이었다.

그리고 이번 임무는 아주 복잡해서 달리 맡길 사람이 없었다.

이혼은 조경이 떠나기 전 직접 배웅 나가 당부했다.

"왜군은 반드시 유인계를 펼칠 테니 절대 속으면 안 되오."

"명심하겠습니다."

조경은 명군 진채에 가서 대기하던 명군 장수 사대수의 병력과 합류해 정찰에 들어갔는데 조경은 이미 경고를 들어서인지 신중한 반면에 사대수는 거침없이 병력을 지휘해 남쪽으로 내려갔다.

조경을 배웅한 이혼은 마음이 놓이지 않았다.

'이여송에게 경고를 해줘야겠다.'

이혼은 명군 진채에 있는 유성룡에게 전령을 보냈다.

"왜군이 얕은꾀를 잘 사용하니 제독은 부디 이 점을 유념해주시오."

유성룡은 바로 이혼의 전언을 이여송에게 전했다.

한데 이여송은 듣자마자 호탕하게 웃어젖혔다.

"하하하, 세자께서 나에게 충고를 하다니!"

웃음을 뚝 그친 이여송은 주위 장수들을 둘러보며 물었다.

"이게 바로 공자 앞에서 문자 쓴다는 속담이 어울리는 상황 아닌가?"

"하하하!"

그 말에 장수들이 모두 웃음을 터트렸다.

이쯤 되니 오히려 경고한 유성룡의 얼굴이 달아오를 지경이었다.

유성룡은 이혼에게 다시 전령을 보냈다.

"이제독은 저하의 충고를 듣지 않을 모양입니다."

고개를 저은 이혼은 참모장 한극함을 불렀다.

"군대를 이동시킬 준비에 들어가시오."

"명군과 따로 움직이실 생각입니까?"

"상황이 어떻게 변할지 모르니 일단, 준비나 해두라는 거요."

"알겠습니다."

한극함은 각 연대장들에게 전령을 보내 이동할 준비를 갖추었다.

병사들은 내려놓은 짐을 다시 수레에 실었다.

그리고 기병연대 병사들은 풀어놓았던 마구를 채웠다.

마지막으로 군막을 뽑아 정리하는 걸로 이동준비를 모두 마쳤다.

이혼의 군막 역시 수레에 싫은지라, 모닥불을 쬐며 언 몸을 녹였다.

"잘 되어야할 텐데……"

이혼은 걱정스런 시선으로 도성이 있는 남쪽을 보았다.

한편, 그 시각.

고갯마루에 도착한 조경은 길잡이에게 물었다.

"여긴 어디냐?"

"혜음령(惠陰嶺)입니다요."

"그럼 벽제관은 이 근처인가?"

"그렇습니다, 장군. 혜음령을 넘으면 벽제관이 금방입니다요."

조경은 급히 말을 몰아 명군 부총병관 사대수에게 달려갔다.

"장군, 이 근처는 왜군의 소굴입니다."

역관의 통역을 들은 사대수가 피식 웃었다.

"왜 겁이라도 나는 게요?"

"내 말은 왜군이 무슨 짓을 할지 모르니 신중해야한다는 말입니다."

"이런 일로 겁을 먹다니 조선 장수는 담이 약한가보오."

껄껄 웃은 사대수는 말배를 걷어차 단숨에 혜음령을 넘었다.

쓴웃음을 지은 조경은 하는 수 없이 군사를 몰아 그 뒤를 쫓았다.

길잡이 말대로 혜음령을 지나니 바로 벽제관이 보였다.

"이럇!"

사대수는 벽제관으로 내려가 안을 정찰했다.

그러나 벽제관은 텅 비어 있었다.

군마의 말똥 몇 개가 굳어서 굴러다니는 게 전부였다.

왜군을 찾는데 실패한 사대수는 남쪽으로 다시 진격해 갔다.

그 뒤를 서둘러 쫓던 조경은 남쪽에서 낮은 언덕 하나를 발견했다.

"저기는 어디냐?"

조경의 질문에 길잡이가 대답했다.

"망객현(望客峴)입니다요."

길잡이가 대답하는 순간.

망객현 부근에 왜군 수백 명이 모습을 드러냈다.

눈에 불을 켜고 왜군을 찾던 사대수는 바로 군사를 몰아 짓쳐갔다.

"이런."

조경은 사대수를 따라가 도망치는 왜군을 쫓는 그를 말렸다.

"저건 미끼입니다."

"하하, 이렇게 많은 미끼 보았소?"

사대수는 직접 왜군 수급을 잘랐는지 칼에서 피가 줄줄 흘러내렸다.

조선이나, 명, 왜국 모두 장수의 전공을 수급의 숫자로 계산했다.

이혼의 노력 덕분에 조선군은 점차 바뀌는 중이었으나 명이나, 왜국은 여전히 적의 수급을 잘라 그 숫자로 자신의 전공을 뽐냈다.

사대수와 그 부하들은 왜군의 수급을 자르느라 정신없었다.

한창 흥이 난 사대수가 전령을 불렀다.

"가서 제독님에게 벽제관에서 왜군을 찾았다 전하여라."

전령이 떠나려는 걸 조경이 급히 잡아 말을 하나 보탰다.

"왜군 본대가 근처에 있을지 모르니 모든 전력이 와야 한다 전해라."

역관의 통역을 들은 전령은 고개를 끄덕이더니 말을 몰아 떠났다.

전령은 이여송을 만나 사대수의 전언을 그대로 전했다.

그러나 조경이 한 말은 전하지 않았다.

조경은 조선군 장수이니 명군인 전령이 명을 따를 이유가 없었다.

이여송은 그 말에 크게 기꺼워하며 바로 말에 올랐다.

"가자!"

급히 따라 나온 유성룡이 소리쳐 물었다.

"본대가 다 가는 겁니까?"

"하하, 이번에는 내가 선봉을 맡을 것이오."

  3

호기롭게 소리친 이여송은 자신의 기병만 대동한 채 길을 서둘렀다.

이여송은 전공을 세울 생각에 미친 듯이 말을 몰았다.

실제로 얼마나 서둘렀는지 말에서 떨어질 뻔하였다.

어쨌든 단숨에 혜음령을 넘은 이여송이 벽제관에 도착했다.

벽제관으로 마중을 나온 사대수는 이여송을 만나 그가 망객현에 있는 왜군을 어떻게 발견해서, 어떻게 공을 세웠는지 보고했다.

그 말을 들은 이여송은 회가 동한 듯 큰 목소리로 외쳤다.

"모두 나를 따르라!"

이여송은 사대수의 병력과 합류해 망객현을 지나 더 앞으로 달렸다.

이 둘의 뒤를 따르던 조경이 길잡이에게 물었다.

"여긴 여석령(礪石嶺)인가?"

"맞습니다요. 여기 사람들은 숫돌고개라 부르지요."

그 순간.

탕탕탕탕!

조총의 총성이 여석령 방향에서 어지럽게 들려왔다.

말을 달리던 명군 기병 앞 열이 짚단처럼 허물어졌다.

이여송은 왜군의 매복공격임을 알아차렸으나 달리던

기세를 멈출 수가 없어 계속 달려갔는데 왜군은 순식간에 1만으로 늘어났다.

그게 끝이 아니었다.

여석령 방향에서는 1만의 병력이, 그리고 왼쪽에 흐르는 공릉천(恭陵川) 방향에서는 2천5백의 왜군이 조총을 쏘며 협공을 가해왔다.

급히 말을 돌린 이여송은 올 때와 마찬가지로 미친 듯이 도망쳤다.

그의 뒤를 따르던 기병들은 좌우 양쪽에서 따라오며 조총을 마구 쏘아대는 왜군의 사격에 당해 하나둘 차가운 시신으로 변해갔다.

급기야는 이여송 옆으로 조총의 탄환이 지나갈 지경이었다.

그때, 지휘사(指揮使) 이유승(李有昇)이 소리쳤다.

"소장이 막겠습니다!"

이유승은 도망치던 말의 기수를 돌려 왜군에게 맞서갔다.

이여송은 이유승의 결사적인 저항 덕분에 간신히 추격을 뿌리쳤다.

이유승을 죽인 왜군은 계속 쫓아와 혜음령 일대에 이르렀다.

그 순간.

펑펑펑!

혜음령에 도착한 명군 장수 양원이 야포를 쏘아 왜군을 막아갔다.

덕분에 이여송은 혜음령을 넘어 도망칠 수 있었다.

왜군은 이여송을 쫓으려 했으나 명군의 야포에 진격하지 못했다.

그렇게 벽제관전투가 끝났다.

간신히 목숨을 건진 이여송은 파주에 돌아가서 개성으로 퇴각했다.

유성룡, 김명원 등이 재공격을 주장했으나 이여송은 듣지 않았다.

오히려 겁을 먹었는지 요동으로 돌아갈 계획마저 세웠다.

한편, 이혼은 개성으로 퇴각하는 명군을 보며 생각에 잠겼다.

'도성의 왜군 숫자가 적지 않은데 우리 힘으로 가능할까?'

그러나 이번 기회가 아니면 전쟁은 길어질 게 틀림없었다.

이혼은 조선군 단독으로 도성을 수복하기로 하고 진격을 서둘렀다.

이제야말로 도성을 수복할 시간이었다.

이혼이 지휘하는 조선군 병력 1만5천은 곧장 벽제관으로 진격했다.

〈4권에서 계속〉